PLUIE

BLACKWATER VI

BLACKWATER

L'ÉPIQUE SAGA DE LA FAMILLE CASKEY

La Crue .... 7 AVRIL 2022
La Digue .... 22 AVRIL 2022
La Maison .... 5 MAI 2022
La Guerre .... 19 MAI 2022
La Fortune .... 3 JUIN 2022
Pluie .... 17 JUIN 2022

MICHAEL MCDOWELL

PLUIE

BLACKWATER VI

Roman

traduit de l'anglais (États-Unis)
par Yoko Lacour avec la participation
de Hélène Charrier

MONSIEUR TOUSSAINT LOUVERTURE

Ce livre a été écrit par
MICHAEL MCDOWELL (1950-1999),
dédié à « Mama El »,
traduit par YOKO LACOUR,
avec la participation de HÉLÈNE CHARRIER,
édité par DOMINIQUE BORDES,
assisté de CLAUDINE AGOSTINI, ROMANE BALEYNAUD,
THIBAUT BERTRAND, LISA FOLLIET, XAVIER GÉLARD,
FRANÇOIS GUILLAUME, DOMINIQUE HÉRODY
et JEAN-FRANÇOIS SAZY.

Titre original : *Blackwater VI: Rain.*

ISBN : 9782381960500
DÉPÔT LÉGAL : juin 2022.
(2e tirage)
Illustration de couverture :

WWW.MONSIEURTOUSSAINTLOUVERTURE.COM

Résumé

La mystérieuse prescience d'Elinor quant à la présence de pétrole dans les marécages détenus par la famille est confirmée, et elle et sa fille Miriam entraînent le clan Caskey dans une période de richesse sans commune mesure. Frances – la cadette d'Elinor – découvre avec inquiétude qu'elle est enceinte. Alors que sa mère essaie de la rassurer sur ce qui les distingue du reste de la famille, rien ne peut suffisamment préparer Frances à son accouchement. Comme Elinor l'avait prédit, elle donne naissance à des jumelles. L'une, prénommée Lilah, sera accueillie avec joie. Quant à son « autre fille », Nerita, son existence devra rester secrète. Pendant ce temps, Sister Haskew joue les invalides pour empêcher que son mari, Early, ne l'emmène. Malcolm, le fils de Queenie Strickland, qui avait quitté la ville en disgrâce plusieurs années auparavant, est par hasard retrouvé par Miriam dans un restaurant de banlieue où il travaille comme cuisinier. Sans lui laisser le choix, elle le rapatrie à

Perdido pour qu'il réintègre la famille. Enfin, comme un funeste leitmotiv, la ville perd un autre de ses enfants dans les eaux bouillonnantes de la rivière.

Généalogies Caskey, Sapp, Snyder et Welles, 1958

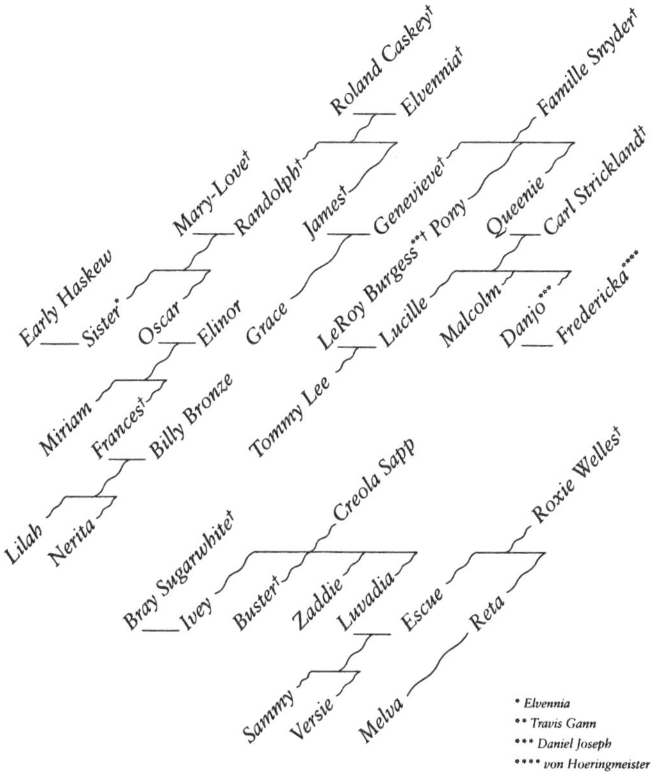

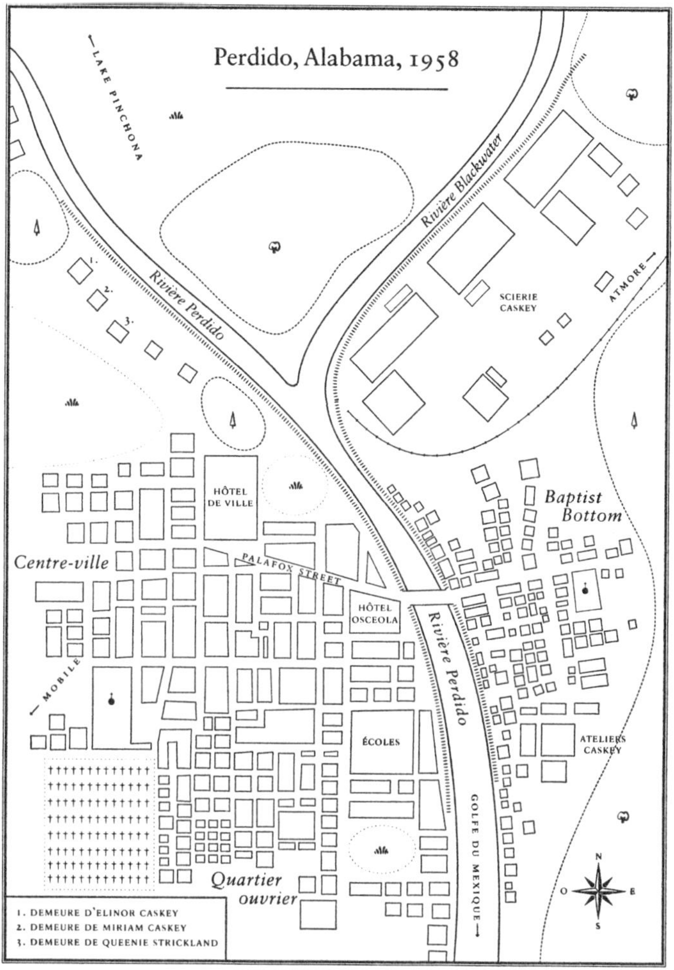
Perdido, Alabama, 1958
LAKE PINCHONA
Rivière Blackwater
Rivière Perdido
SCIERIE CASKEY
ATMORE
HÔTEL DE VILLE
Baptist Bottom
Centre-ville
PALAFOX STREET
HÔTEL OSCEOLA
MOBILE
ÉCOLES
ATELIERS CASKEY
GOLFE DU MEXIQUE
Quartier ouvrier
N
O
E
S
1. DEMEURE D'ELINOR CASKEY
2. DEMEURE DE MIRIAM CASKEY
3. DEMEURE DE QUEENIE STRICKLAND

LES FIANÇAILLES

Peut-être n'étaient-elles que cela : deux vieilles femmes se livrant à d'éternels commérages dans la chambre isolée d'une maison vétuste, dans un coin perdu de l'Alabama. En 1958, Sister Haskew avait soixante-quatre ans et était infirme, alitée, faible, acariâtre, dépendante et exigeante. À soixante-six ans, Queenie Strickland était grosse, heureuse, débordante de vie, dévouée et pleine d'entrain. Toutes les deux étaient immensément riches, et aucune ne pensait vraiment aux fortunes qu'elles possédaient. Queenie était à la fois l'esclave et l'espionne de Sister. Queenie allait chercher et rapporter. Queenie quittait sa maison chaque matin à six heures cinquante-cinq précises. Queenie montait le petit déjeuner de Sister sur un plateau à sept heures, puis à dix-neuf heures chaque soir Queenie descendait le plateau-repas du dîner dans la cuisine sombre d'Ivey et lâchait la vaisselle sur le plan de travail, dans un fracas de couverts et de soupirs. Sister n'aurait jamais permis à Queenie de quitter son chevet si ce n'était son insatiable curiosité pour les agissements des uns et des autres en ville, à la scierie et au sein de sa propre famille. Aussi Queenie était-elle autorisée à jouer au bridge, à faire les magasins, rendre visite à sa fille Lucille à Gavin Pond et dîner chez Elinor dans la maison d'à côté, uniquement parce que, en retournant ensuite dans la chambre encombrée à l'odeur de renfermé de Sister, elle pourrait lui faire un compte rendu détaillé de tout ce qui avait été fait et dit. Sister s'emparait alors de ces miettes d'information et en tirait de folles conclusions et prédictions, auxquelles Queenie répondait invariablement : « Sister, tu te trompes, ça n'arrivera pas. » Et, de fait, les prophéties de la vieille infirme ne se réalisaient jamais, pas la moindre d'entre elles. Sister avait été exclue de la société depuis si longtemps qu'elle en avait presque oublié le fonctionnement. Queenie avait beau lui rapporter avec fidélité les propos des uns et des autres, l'analyse de Sister faisait immanquablement chou blanc.

La maison dans laquelle Sister et Miriam vivaient avait totalement changé de caractère au cours des douze dernières années. Du vivant de Mary-Love, et pendant l'adolescence de Miriam, elle avait paru imprégnée d'une forme de vitalité née d'une certaine malveillance – comme diraient certains –, plus probablement en réalité d'un souffle d'énergie. Elle s'était tenue fièrement entre la maison bien plus grande d'Elinor d'un côté, et celle, plus raffinée, de James de l'autre. Désormais, quelque chose dans son aspect – les porches et les fenêtres du rez-de-chaussée étaient en partie dissimulés par les azalées et les camélias qui avaient librement poussé – suggérait que la maison se repliait sur elle-même, qu'elle avait cessé toute compétition avec ses voisines et ne désirait rien de plus que d'abandonner la partie. À l'intérieur, ça sentait le vieux. Le mobilier était quasiment resté dans le même état depuis le décès de Mary-Love, vingt-deux ans plus tôt. Non pas par respect pour elle, mais parce que Miriam se fichait bien de le remplacer et que Sister aimait se rappeler aussi souvent que possible – quoiqu'elle ne l'eût jamais admis, pas même en son for intérieur – que sa mère était bel et bien morte. Ivey Sapp était une vieille femme elle aussi, de l'âge de Queenie ; elle avait enterré son époux Bray au printemps 1957. C'était Melva, l'une des petites-filles de Roxie Welles, qui l'aidait à présent. Encore plus grosse que Queenie, Ivey ne faisait rien d'autre que de rester assise dans la cuisine à longueur de journée, à écouter la radio et à donner des ordres à Melva. Elle ne s'animait que pour préparer le peu de choses que Sister réclamait.

Sister était alitée depuis tant d'années que la maison entière était imprégnée de son odeur et de celle de son infirmité : une nuance doucereuse, pâle et poudrée de lavande qui rappelait les herbes dont les Égyptiens se servaient pour remplir les cavités des cadavres éviscérés. Dans un tel endroit, n'importe qui un tantinet délicat aurait perdu la raison sans vraiment comprendre pourquoi. Miriam Caskey, âgée de trente-sept ans désormais, avait les nerfs assez solides pour endurer la pesanteur de cette atmosphère dans laquelle elle dormait toutes les nuits, même si elle s'assurait que dans sa chambre, dont elle gardait la porte soigneusement fermée le long de la journée, l'air ne soit pas aussi vicié que dans le reste de la maison.

Bien que Early Haskew ne soit jamais revenu chercher Sister, celle-ci avait déclaré qu'elle ne dormait en paix que si Miriam vérifiait chaque soir que les portes et les fenêtres du rez-de-chaussée étaient bien fermées à double tour. « Cet homme serait capable d'escalader la gouttière pour venir m'enlever en pleine nuit, aimait-elle radoter. Il serait capable de poser une échelle contre la maison pour m'espionner par la fenêtre. » Miriam avait cessé de lui objecter qu'Early, où qu'il puisse être, avait à présent soixante-quatre ans, qu'il était sûrement gros et sans doute peu enclin aux prouesses physiques.

Sister et Miriam n'étaient pas proches. Miriam n'oubliait pas que l'infirmité de sa tante, bien que désormais réelle, avait commencé par des simagrées. Après sa chute dans l'escalier due à sa cécité temporaire, Sister avait gardé le lit en prétextant que ses jambes ne pourraient plus la porter. Puis, dans le but d'éviter son mari, elle y était restée clouée, laissant volontairement ses membres inférieurs peu à peu s'atrophier afin qu'Early ne puisse jamais la soutirer à son foyer adoré. Miriam ne pouvait se résoudre à prendre en pitié une femme qui s'était délibérément rendue invalide. Sister, pour sa part, trouvait que sa nièce passait trop de temps à la scierie et à s'occuper des activités pétrolifères de la famille, et pas assez à son chevet. « Je suis extrêmement riche, avait-elle confié à Queenie. J'ai tellement d'argent que je ne sais pas quoi en faire. Et tu sais à qui ça reviendra ? Chaque centime ira à Miriam. C'est ce que je lui ai dit. Et comment me remercie-t-elle ? En me traitant comme si j'étais un parent pauvre !

— Moi aussi j'ai été le parent pauvre de la famille, fit remarquer Queenie.

— Précisément, répondit Sister avec un hochement de tête. Miriam me traite exactement comme maman et les autres te traitaient. Comme si j'étais une indigente, un parasite insignifiant. »

Ces mots surprirent Queenie, non par leur grossièreté – qui était pourtant flagrante –, mais parce qu'ils auraient pu être proférés par Mary-Love elle-même. Ce qui la fit réfléchir. À l'avenir, elle se promit de faire plus attention au comportement de Sister. Elle écouta et elle observa, avant d'en conclure que celle-ci ressemblait chaque jour davantage à sa mère disparue.

Un matin après l'office, au début de l'automne 1958, Queenie arrêta Miriam dans la cour et lui demanda :

« Est-ce que tu as remarqué quelque chose chez Sister ?

— Comme par exemple qu'elle est de plus en plus imbuvable ? »

L'été s'attardait en Alabama, et Miriam ôta ses gants avec soulagement. Elle enleva son chapeau et secoua ses cheveux désormais libres.

« Non, répondit Queenie en fronçant légèrement les sourcils. Je veux parler du fait que jour après jour elle ressemble un peu plus à Mary-Love.

— Tu n'avais pas remarqué ? sourit Miriam. Tu n'as pas vu comment elle signe ses chèques ?

— Elvennia Haskew ? Comment les signerait-elle, sinon ? répondit Queenie, surprise.

— Ce n'est pas de ça dont je parle », dit Miriam en se tournant pour monter les marches du porche et s'asseoir sur un siège à bascule en osier. Queenie l'imita. « Il y a environ un an, poursuivit Miriam, j'ai été appelée à la banque parce qu'ils pensaient que quelqu'un falsifiait les chèques de Sister. Je suis donc allée les voir pour examiner les chèques en question. Ils étaient bien signés Elvennia Haskew, mais c'était l'écriture de grand-mère, dit-elle en éclatant de rire. Mon cœur a fait un bond, et j'ai pensé : "Seigneur, elle est revenue d'entre les morts, que va-t-on devenir ?" Les *n* étaient les mêmes, comme le *a* à la fin. Exactement l'écriture de grand-mère. Je suis rentrée à la maison et j'ai demandé à Sister pourquoi elle s'amusait à trafiquer sa signature, parce que ça mettait les banquiers dans tous leurs états. Sister ne savait même pas de quoi je parlais. Je lui ai montré son ancienne signature, puis la nouvelle sur son dernier chèque. Elle m'a soutenu qu'elle ne voyait aucune différence. Je n'ai rien ajouté. Mais toi, vérifie un jour. Fais-lui écrire n'importe quoi. C'est l'écriture de grand-mère, trait pour trait.

— Tu aimais énormément Mary-Love, dit Queenie, bien qu'en substance, la remarque de Miriam ait suggéré le contraire.

— C'est vrai. Je l'aimais profondément. Je n'ai même jamais aimé quelqu'un autant qu'elle. Mais Dieu merci, elle est morte, et Dieu merci, elle ne reviendra jamais. Elle régnait en maître à l'époque.

Aujourd'hui, c'est moi qui dirige. Donc, c'est tout aussi bien qu'elle et moi n'ayons pas à nous affronter.

— Si Mary-Love était vivante, elle ne se battrait pas contre toi, elle continuerait de se battre contre Elinor. Toi, elle te laisserait tranquille.

— Faux. Elle dirait que je suis arrogante et essaierait de me brider. Comme Sister le fait maintenant. Elle me croit prétentieuse de diriger les affaires de la scierie à ma manière. Peu importe que je fasse gagner de l'argent à la famille, je ne m'occupe pas assez bien d'*elle*. Je refuse de la servir jour et nuit comme tu le fais.

— Ça ne me dérange pas.

— Je sais, mais moi, si. Je ne le ferai jamais. Sister est la seule responsable de ce qui lui est arrivé. Tu le sais. Sister est tombée dans les escaliers il y a onze ans. Elle aurait pu être rétablie en quelques semaines, mais des années plus tard, elle force encore les gens à être aux petits soins, des gens qui ont mieux à faire de leur vie. J'aime Sister. J'ai été élevée à l'aimer et je l'aimerai jusqu'au jour où elle mourra sur ses cinq matelas en plumes et ses sept foutus oreillers. Mais jamais tu ne m'entendras lui dire que je suis désolée qu'elle soit dans cet état, ou qu'elle se sente si seule là-haut. D'ailleurs, elle se garde bien de me demander de le faire. »

À cet instant, Lilah s'approcha gaiement depuis la maison d'à côté. Miriam sourit et tendit les mains vers sa nièce de onze ans. La fillette grimpa les marches.

« Grand-mère dit que le déjeuner sera prêt dans un quart d'heure et que vous pouvez venir quand vous voulez. »

Queenie, dont l'appétit n'avait jamais faibli au fil de ces nombreuses années, se leva aussitôt.

« Tu viens ? », pressa-t-elle Miriam.

Lilah glissa précipitamment :

« Miriam, tu veux bien m'emmener à l'étage et me laisser admirer tes bijoux ?

— Allez, je vais t'en montrer quelques-uns, répondit sa tante. Je te laisserai même essayer une ou deux choses. »

Sur ce, Miriam et sa nièce rentrèrent dans la maison tandis que Queenie traversait la cour de sable pour se rendre chez Elinor, en espérant qu'elle trouverait un petit quelque chose à grignoter dans la cuisine avant de se mettre à table.

« Qui est là ?! lança Sister en entendant des pas dans l'escalier.

— C'est moi, répondit Miriam. Et Lilah.

— Lilah ! Viens discuter avec moi ! »

La petite fille courut dans le couloir jusqu'à la chambre de Sister et passa la tête par l'entrebâillement de la porte, l'air impatient.

« Pas tout de suite ! Miriam va me laisser essayer certains de ses bijoux.

— Essaie-les et reviens me voir ensuite pour me les montrer, d'accord ? »

Lilah se hâta de retourner dans la chambre de sa tante. Elle craignait d'avoir manqué son moment favori : l'ouverture du tiroir. Mais non. Souriante, Miriam se tenait devant la commode.

« Aujourd'hui, je te laisse faire », dit-elle.

Lilah tomba à genoux et tira avec déférence le dernier tiroir de l'antique commode. À l'intérieur se trouvaient neuf coffrets à bijoux rangés les uns au-dessus des autres, de tailles, d'âge et de matériaux variés. Aux yeux de la fillette, ils étaient aussi différents que neuf personnes faisant la queue à la banque. Et chacun recelait un trésor.

« Dans lequel tu veux regarder ? », demanda Miriam.

Lilah pointa celui du milieu dans la colonne de droite.

« Celui-là. »

Miriam sortit une petite clé de sa poche et marcha jusqu'au chiffonnier au coin de sa chambre. Aussi haut et fin qu'elle, sa porte était ornée d'un miroir. N'en ayant jamais vu de semblable, Lilah l'adorait. À l'intérieur, il y avait une dizaine de petites étagères sur lesquelles Miriam rangeait ce que personne n'avait le droit de voir. Sur l'étagère du haut, il n'y avait rien d'autre que des clés, des centaines et des centaines de clés qui ouvraient on ne sait quoi. Sans hésiter, Miriam piocha un jeu de clés minuscules et en inséra une dans la serrure du coffret qu'avait désigné Lilah. Il s'ouvrit instantanément.

À l'intérieur, des boucles d'oreilles étaient entassées pêle-mêle : des clips d'émeraudes, de rubis et de diamants ; des perles serties d'or ; de minuscules clous dorés en forme d'étoile, de bateau ou de cheval ; des boucles d'oreilles anciennes et sophistiquées, dont Lilah ne soupçonnait même pas l'existence, épaisses avec du métal travaillé en filigrane, serties d'une variété de pierres précieuses ; des perles noires au style épuré et moderne. Enfouissant ses mains parmi les bijoux, elle sentit la morsure des fermoirs, crochets et facettes – une douleur qui l'électrisa. Il paraissait impossible que dans un tel fatras se cache la jumelle de chaque boucle piochée, mais Miriam lui assura que c'était pourtant le cas.

« Je ne les achète que par paires. Et comme je ne perds jamais rien, elles sont toutes là quelque part, dit la jeune femme.

— Tu veux que je les rassemble pour toi ?

— Pourquoi se donner cette peine ? Quand on les remettra dans la boîte, elles se mélangeront à nouveau. Et puis, Queenie doit mourir de faim à l'heure qu'il est. Choisis-en une et essaie-la. »

Lilah n'ayant pas les oreilles percées, elle opta pour des clips : d'énormes pierres rouges et carrées.

« Qu'est-ce que c'est ? demanda-t-elle.

— Du grenat rhodolite. Il vient d'Afrique du Sud. Je les ai achetées sur la Cinquième Avenue à New York, en 1953. »

Miriam plongea sa main dans le coffret. Un instant plus tard, elle en ressortait la seconde boucle. La fillette aurait juré que sa tante n'avait même pas regardé. Elle paraissait l'avoir trouvé uniquement au toucher. Miriam fixa les bijoux aux oreilles de sa nièce. Absurdement lourdes, elles lui tiraient les lobes vers le bas.

« Alors ? Comment tu me trouves ? s'écria Lilah, se contemplant dans le miroir.

— Absolument ridicule. Maintenant, va te montrer à Sister… et dépêche-toi ! Mon estomac n'arrêtait pas de gargouiller ce matin pendant la messe.

— Je sais, dit la fillette en s'élançant dans le couloir. Je l'ai entendu. »

Lilah entra dans la chambre de Sister et s'avança jusqu'au lit, tournant la tête d'un côté et de l'autre afin de lui faire admirer les boucles d'oreilles.

« Magnifique, dit Sister. Comme toi, ma chérie.

— Merci.

— Miriam ne laisse personne d'autre que toi essayer ses bijoux.

— Elle en a tellement… chuchota Lilah.

— C'est un miracle qu'on arrive encore à s'acheter à manger dans cette maison, fit Sister d'un ton sévère. Avec tout ce qu'elle dépense pour cette camelote.

— C'est pas de la camelote !

— C'en est puisqu'elle ne les met jamais ! C'est probablement la première fois que quelqu'un porte ces boucles depuis qu'elle les a achetées.

— Il faut que je les enlève… », soupira la fillette.

Miriam appela depuis le couloir : « Lilah ! On doit y aller ! »

La fillette s'apprêtait à partir quand la main de Sister jaillit de sous la couverture et l'attrapa par le bras.

« Ton père se sent seul, dit-elle à voix basse.

— Hein ?

— Ton père se sent seul depuis que ta mère s'est noyée dans la Perdido.

— D'accord… fit Lilah d'une voix hésitante, toujours en chuchotant.

— Ça fait deux ans, pas vrai ? En mai dernier, ça faisait deux ans.

— Oui.

— Je m'étonne qu'il ne se soit pas déjà remarié.

— Remarié ? Avec qui papa se remarierait ? », demanda l'enfant, surprise.

Sister la regarda de près, puis lança un coup d'œil appuyé vers la porte.

Perplexe, Lilah suivit son regard.

« Avec qui ? », demanda-t-elle à nouveau.

Sister hocha la tête sans répondre.

« Tu veux dire que papa pourrait se marier avec *Miriam* ?!

— Avec qui d'autre ?

— Papa ne va pas se marier avec Miriam ! s'exclama Lilah. Qui t'a dit ça ?

— Personne. Personne n'a eu besoin de me le dire. Vous pensez tous que parce que je suis coincée dans mon lit de souffrances, je ne suis pas au courant de ce qui se passe, que je ne vois rien. Eh bien, détrompez-vous. Queenie me dit tout ce que j'ai besoin de savoir. J'ai des visiteurs. J'ai mes propres yeux, qui scrutent par la fenêtre. Et j'ai beaucoup de temps pour réfléchir et démêler le pourquoi du comment. Je ne serais pas surprise que tu aies une nouvelle maman d'ici peu.

— Sister, dit Lilah, je ne te crois pas du tout. Je vais demander à Miriam.

— Si tu le fais, elle va nier. Elle ne me fera pas le plaisir d'admettre que j'ai raison. Mais un de ces jours, tu vas rentrer de l'école et ton père te dira :

"Lilah, ma puce, Miriam et moi, on va s'enfuir et se marier." Tu verras.

— Je ne crois pas.

— Tu n'aimes pas ces boucles ? », demanda Sister, tendant un doigt osseux et donnant une pichenette au bijou gauche de Lilah, qui cilla.

« Si, bien sûr.

— Si Miriam devient ta maman, elle te les léguera à sa mort. Tu hériteras d'une fortune en bijoux. »

Lilah parut sceptique quant aux prédictions de Sister. Miriam l'appela à nouveau.

« Il faut que j'y aille », dit-elle en reculant.

Avec un sourire entendu, Sister lui lâcha le bras. La fillette courut hors de la chambre. Miriam l'attendait dans le couloir. Elle retira les boucles des oreilles de Lilah et les glissa dans sa poche.

« Elinor va nous tuer. Allez, on se dépêche. »

Selon l'opinion de Perdido, Billy n'avait pas assez porté le deuil de sa femme. Frances Caskey s'était noyée dans la rivière par une nuit d'orage, au printemps 1956. Billy était en déplacement à ce moment-là. Sans y croire, on avait sondé la Perdido en amont et en aval de la confluence, mais le corps ne fut jamais retrouvé. Elinor avait décrit à Billy les circonstances de la disparition de sa fille.

« Elle est sortie, comme elle en avait l'habitude. Sauf que cette fois, elle n'est jamais revenue.

— Ça ne ressemble pas à Frances de se noyer comme ça. Je ne connais personne qui nage aussi bien qu'elle. Vous avez dit qu'il y avait eu un orage cette nuit-là. Peut-être qu'elle a été frappée par la foudre. »

Le deuil de Billy fut discret. Comme à l'ordinaire, il alla travailler, ne changea rien à ses habitudes et ne perdit pas l'appétit, pas plus qu'il ne connut d'instants d'égarement. La seule différence désormais, c'est qu'il dormait seul. Perdido remarqua cette apparente insensibilité et lui en tint rigueur. Néanmoins, il gardait l'indéfectible soutien des Caskey. D'un petit mot ici et là, Elinor et Queenie rappelaient aux citoyens de la ville à quel point Frances s'était éloignée de son mari au cours des dernières années de sa vie, et comment elle s'était mise à ignorer Billy et leur fille pour ne peu à peu s'intéresser qu'à la rivière.

Malgré cet éloignement, Billy était resté en bons termes avec le reste de la famille. La mort de sa femme n'altéra en rien leurs relations. Il continua à vivre sous le même toit que ses beaux-parents, Elinor et Oscar, et ne songea jamais à partir. Lorsque Oscar fit remarquer que l'absence de corps risquait d'occasionner des problèmes, Billy demanda seulement :

« Quels problèmes ?

— Eh bien, répondit Oscar, mal à l'aise, au cas où tu voudrais te remarier…

— Me remarier ? rit Billy. Avec qui suis-je censé me remarier, Oscar ?

— Je n'en sais rien, mais il pourrait y avoir quelqu'un, un jour. Je t'avoue que je ne vois pas vraiment qui, mais c'est une possibilité. Un jour. »

Billy éclata à nouveau de rire.

« Elinor ne me le permettrait jamais. »

Puis il eut un haussement d'épaules qui signifiait

que de toute façon il ne voudrait pas vraiment qu'elle le fasse.

Durant ces deux premières années de veuvage, la relation entre Billy et Miriam était restée celle qu'elle avait toujours été : à la fois intime, amicale et professionnelle. Jusqu'à ce que Sister le mentionne, personne n'avait jamais pensé à un possible mariage entre Billy Bronze et sa belle-sœur. Si les conséquences d'une telle union n'inspiraient aucun sentiment particulier à Lilah, elle avait tout de même l'intuition qu'elles *pourraient* être mauvaises. C'est pourquoi, allant trouver sa grand-mère, elle lui demanda :

« C'est vrai que papa va se marier avec Miriam ? Si oui, est-ce que ça veut dire que ses bijoux seront à moi quand elle mourra ?

— Où es-tu allée pêcher une idée pareille ? s'exclama Elinor.

— C'est Sister qui me l'a dit. Elle dit que ce n'est qu'une question de temps avant que papa et Miriam s'enfuient tous les deux. Est-ce qu'ils vont vivre ici ou à côté ?

— Quelle idée ridicule ! Je ne veux plus entendre un seul mot à propos de cette histoire. Ce n'est pas poli.

— Pas poli ? demanda Lilah, perplexe.

— Pas poli du tout », répéta Elinor, mettant temporairement fin aux interrogations de la fillette.

Mais pas aux siennes. Elle alla voir Oscar et lui demanda : « Est-ce que tu es au courant d'un éventuel mariage entre Billy et Miriam ? »

Oscar n'en avait pas entendu parler. Pas plus que Queenie, Lucille, Grace, Zaddie ou même Ivey. Aussi

Elinor alla-t-elle trouver directement Sister. « Où as-tu pêché cette idée ? »

Sister se renfonça fièrement dans ses oreillers et répondit d'un air empreint de mystère : « Je sais ce que je sais… »

« Oscar, dit Elinor que cette réponse ne satisfaisait pas, il faut que tu parles à Miriam. Tu es le seul de cette famille qu'elle écoutera.

— Quelle différence ça fait qu'elle épouse Billy ou pas ?

— Je ne sais pas, admit sa femme, mais il faut qu'on en ait le cœur net. »

Ce soir-là au dîner, tandis que Zaddie débarrassait la table pour le dessert, Oscar s'éclaircit la voix.

« Miriam, est-ce que je peux te poser une question sans que tu t'emportes contre moi ?

— Ça dépend, répondit cette dernière, qui n'était pas du genre à se laisser piéger aussi facilement. Peut-être. Peut-être pas. Que veux-tu savoir ?

— Eh bien… hésita Oscar, je devrais peut-être plutôt demander à Billy. »

Celui-ci jeta un coup d'œil à son beau-père, puis à Miriam, avant de répondre :

« Bien sûr. Je ne me mettrai pas en colère.

— Dans ce cas, je vous pose la question à tous les deux », dit Oscar, hésitant toujours.

Zaddie se tenait dans l'embrasure de la porte, une pile de vaisselle entre les mains.

« Allez-y, Monsieur Oscar, avant que je fasse tomber toutes ces assiettes.

— On se demandait…

— Qui ça, “on” ? fit Miriam.

— Tout le monde, lâcha Malcolm, avant de rougir.

— Qu’est-ce que vous vous demandez ? poursuivit Billy.

— Si, tous les deux, vous comptiez vous enfuir et vous marier en secret. »

Tombant des nues, Billy et Miriam échangèrent un regard.

« Vous vous êtes réunis et avez réfléchi à *ça* ?! s’exclama Miriam après un silence stupéfait.

— Miriam et moi ?! éructa Billy.

— C’est Sister qui l’a dit, intervint Queenie.

— Sister a oublié qu’il existe un autre monde au bout du couloir, rétorqua sèchement Miriam.

— Alors c’est faux ? demanda Lilah.

— Évidemment que c’est faux, répondit Miriam. Je n’ai jamais entendu une bêtise aussi énorme. Pour quelle raison est-ce que j’épouserais Billy ?

— Eh bien, vous êtes tout le temps ensemble, expliqua Queenie. Et puis Billy est seul et triste depuis la mort de Frances. Et en plus, vous partez souvent en voyage, alors autant vous marier. Billy n’épouserait qu’un membre de la famille Caskey, et toi, tu ne voudrais jamais te donner la peine d’aller chercher un inconnu.

— Ce sont les idées de Sister… coupa Elinor.

— Eh bien, elles sont complètement à côté de la plaque, renchérit Miriam. Je ne peux pas parler pour Billy…

— Si, tu peux, dit précipitamment ce dernier.

— … mais on n’a jamais songé à se marier, et ce

n'est pas maintenant qu'on va le faire.

— Frances me manque, ajouta Billy, mais Lilah est là. Je n'ai pas besoin d'une nouvelle épouse. D'ailleurs, jamais je ne *penserais* à ramener une femme que vous ne connaîtriez pas ici.

— On ne l'accepterait pas, fit sèchement Elinor.

— Je le sais, répondit Billy. Et je ne suis pas prêt à renoncer à vous simplement pour avoir les pieds au chaud la nuit. »

Ainsi, une énième prédiction de Sister échouait-elle encore lamentablement, au grand soulagement des Caskey. Ils en ignoraient d'ailleurs la raison, mais ils étaient bel et bien soulagés. Zaddie débarrassa le reste de la table et apporta du café, de nouvelles assiettes et des fourchettes, puis revint avec une tarte aux mûres à peine sortie du four, accompagnée de glace à la pêche.

Elinor se versa du café et fit passer la cafetière. La discussion dériva sur d'autres sujets, mais Miriam restait silencieuse, jouant avec sa tasse et examinant la pièce d'un air irrité. Profitant d'un instant de silence, elle leva les yeux et annonça :

« De toute façon, Billy et moi n'aurions *pas pu* nous marier.

— Pourquoi ça ? demanda Queenie, dont l'un des buts dans la vie était d'entretenir la conversation. Parce que Frances n'a pas encore été officiellement déclarée morte ?

— Non. Parce que je suis déjà fiancée. »

REPORTE-LE

Miriam balaya la tablée du regard.

« Alors, fit-elle au bout d'un moment, personne ne daigne me demander avec qui ? Ce n'est pas tous les jours que j'annonce que je vais me marier, vous savez. »

Tous étaient muets de stupeur. Puisque ce n'était pas Billy, qui Miriam allait-elle bien pouvoir épouser ?

« Qui est-ce ? demanda enfin Queenie. Miriam, on est très heureux pour toi, qui que ça puisse être, mais…

— Mais quoi ?

— Mais nous n'en savions rien », intervint Oscar.

Miriam haussa les épaules.

« Moi non plus. Je me suis décidée à l'instant. Vous avez l'air de vouloir me marier à tout prix, alors voilà.

— Tu l'as annoncé à l'homme en question ? demanda Elinor.

— Pas encore. Je devrais peut-être le faire. » Elle fixa son regard sur Malcolm, assis en face d'elle. Le jeune homme était resté silencieux, les yeux écarquillés, durant tout l'échange. « Malcolm, j'accepte ta demande en mariage. » Elle se tourna alors vers Queenie, assise à côté de son fils, puis vers Elinor, en tête de table. « Laquelle d'entre vous veut organiser la cérémonie ? »

Queenie saisit discrètement le bras de son fils.

« Malcolm, siffla-t-elle, qu'est-ce que c'est que cette histoire de demander Miriam en mariage ?

— Il m'épouse pour mon argent, répondit Miriam, imperturbable. Et parce que je lui dis quoi faire. Et parce qu'il m'aime, j'imagine. Malcolm a besoin de quelqu'un pour le garder dans le droit chemin, et tu ne seras pas toujours là pour le tenir à l'œil, Queenie. Tu es vieille, maintenant.

— Merci, je suis au courant, rétorqua cette dernière. Mais pourquoi tu acceptes ?

— Probablement parce que j'ai atteint l'âge où il *faut* que je me marie. Et parce que Malcolm est là, je l'ai sous la main. De toute façon, vous savez très bien que je ne suis pas prête à m'embarrasser de quelqu'un qui pourrait me causer le moindre problème. Malcolm, poursuivit-elle, les yeux rivés sur son nouveau fiancé, tu vas continuer à faire exactement ce que je te demande, n'est-ce pas ?

— Oui ! s'exclama-t-il sans parvenir à dissimuler son sourire béat. Maman, tu me fais mal ! »

Queenie lâcha le bras de son fils.

« Queenie et moi allons nous occuper du mariage ensemble, déclara Elinor d'un ton grave. Miriam, je pense que tu as pris une sage décision. Cette famille n'a pas besoin d'intrus. » En ajoutant cela, elle posa doucement sa main sur celle de Billy assis à côté d'elle, comme pour le conforter sur sa place au sein de la famille.

Lilah, qui était assise de l'autre côté de son père, le regarda et chuchota : « Tu n'es pas trop déçu, papa ? »

La question avait été destinée à n'être entendue que par Billy, mais elle n'échappa à personne.

Il rit et mit son bras autour des épaules de sa fille.

« Seigneur, non ! Miriam est déjà bien assez sur mon dos comme ça. Tu crois qu'en plus je voudrais *vivre* avec elle ? Malcolm, tu ne vas pas avoir la vie facile ! »

Le sourire de Malcolm ne s'en éclaira que davantage.

« J'aurai quarante ans le mois prochain, dit-il. Miriam en aura trente-sept au printemps. Il était temps qu'on se pose.

— Il est presque trop tard pour que vous ayez des enfants, soupira Queenie. J'espérais avoir un autre petit-fils. Mais peut-être que si vous vous y mettez rapidement…

— Queenie, je ne veux plus entendre un mot sur les enfants, coupa Miriam. Si je vois une de ces créatures chez moi, je me servirai de son crâne comme d'un pique-aiguilles. Malcolm, ne laisse pas ta mère te mettre des idées dans la tête à propos de petits-enfants, parce que je peux te garantir que personne ne me fera porter des vêtements de maternité.

— Malcolm, demanda Oscar, où comptez-vous habiter, Miriam et toi ?

— Oh là, ce n'est pas à moi qu'il faut poser la question. Comme vous, je découvre à peine que je suis fiancé. Si vous voulez des renseignements, c'est à Miriam qu'il faut s'adresser. Miriam, poursuivit-il, mal assuré, tu as pensé à l'endroit où on allait vivre ?

— Je ne sais pas. Sister n'a pas une très haute estime de toi, et je ne pense pas qu'elle supporterait de te voir emménager à la maison. Et ta mère n'a pas particulièrement envie de m'avoir dans les pattes à longueur de temps. »

À ces mots, Queenie tenta mollement de protester, mais la jeune femme l'interrompit.

« Pas la peine de nier, Queenie, personne autour de cette table ne te croira.

— Je ne comptais pas te demander de venir vivre chez moi, Miriam. Je voulais juste savoir si Sister était au courant.

— Elle ne l'est pas, répondit Miriam en se levant de table. Je suppose donc qu'il faut que j'aille le lui annoncer. Dites à Zaddie de me garder du café au chaud. Je ne sais pas quand je serai de retour. »

Sister n'aima pas du tout l'idée. Assise à côté de la porte sur une chaise à dossier droit, Miriam jouait avec le bouton de la radio sans avoir toutefois allumé le poste. Sister écumait.

« Je croyais que tu allais épouser Billy ! Lui au moins, c'est un homme ! Ce Malcolm Strickland n'est qu'un bon à rien, il l'a toujours été, depuis le jour où sa mère a posé le pied à Perdido. La première fois que je l'ai vu, c'était à l'enterrement de Genevieve, et j'ai averti maman que ce gamin allait mal tourner. C'est uniquement grâce à James et Dollie Faye qu'il n'a pas fini en prison. Et c'est grâce à toi et à Billy qu'il n'a pas passé le reste de sa vie à croupir derrière le comptoir d'un boui-boui dans le Mississippi. Depuis dix ans, il a fallu l'énergie de toute la famille pour éviter les ennuis à ce garçon.

—Malcolm n'est plus un garçon, Sister. Il aura quarante ans le mois prochain.

—Et comment le prouve-t-il ?

—Il n'a rien à prouver. Nous sommes tous riches, nous avons amplement de quoi nous occuper de lui. Et puis, il est d'une aide précieuse ici. Il fait tout ce qui a besoin d'être fait. Il s'assure que le toit ne fuie pas. Il change les ampoules. Regarde, il est venu pas plus tard que la semaine dernière tuer la chauve-souris qui était coincée dans ta cheminée. Tu étais bien contente de le voir, non ?

—Ça, quand il s'agit de tuer des chauves-souris, il est doué, dit sarcastiquement Sister. Mais je ne suis pas sûre que ce soit un bon critère pour le mariage.

—J'ai rencontré beaucoup d'hommes qui n'étaient même pas capables de faire même ça. Quoi qu'il en soit, je me fiche de ce que tu penses, Sister, parce que j'ai déjà pris ma décision. Et rien de ce que tu diras ne me fera changer d'avis.

—Quand t'a-t-il fait sa demande ? », demanda Sister après un silence.

La curiosité avait eu raison de son mécontentement.

« La semaine dernière. Le mois dernier. L'année dernière. Malcolm me demande de l'épouser depuis dix ans. Tous les matins, quand il m'apporte mon courrier, il me salue et me demande en mariage.

—Et toi, tu as subitement accepté ?

— Il y a quelque temps, en regardant mon certificat de naissance, je me suis rendu compte à quel point j'étais vieille. J'ai pensé qu'il était grand temps de me caser. Puis un jour, en entrant dans cette chambre, je me suis rendu compte à quel point *tu* étais vieille, Sister.

— Vieille, moi ?! »

Miriam acquiesça.

« Et j'ai pensé qu'un jour tu allais mourir et que j'allais me retrouver seule. »

Cette remarque désinvolte sur sa mortalité choqua Sister qui se mura dans un silence horrifié. Lorsque enfin elle reprit la parole, ce fut d'une voix mal assurée et tout à fait à côté du sujet.

« Miriam, tu veux bien arrêter de tripoter ce poste ? Tu es en train de me rendre chèvre ! »

Miriam lâcha le bouton de la radio.

« Je n'ai jamais vécu seule, poursuivit-elle, jetant un coup d'œil par la fenêtre. Je me suis imaginé l'effet que ça ferait de me retrouver sans personne dans cette maison. Je ne crois pas que j'aimerais ça. Je pense que je deviendrais folle. Et j'ai beaucoup trop à faire pour perdre mon temps à devenir folle.

— Dans ce cas, pourquoi tu n'attends simplement pas que je meure ? Une fois que je ne serais plus sur le chemin, tu pourrais t'occuper de Malcolm. »

Miriam éclata de rire.

« Ah, Sister, je ne m'occupe plus ni de toi ni de Malcolm depuis longtemps.

— Je refuse que ce Strickland s'installe ici. Il fait trop de bruit quand il marche.

— Alors on ira habiter à côté, chez Queenie, comme ça tu seras tranquille.

— Non ! cria Sister, paniquée. Miriam, pourquoi tu ne reportes pas le mariage à plus tard ?

— Jusqu'à ce que tu meures ?

— Non, répondit Sister, désormais plus calme. Le temps que je me fasse à l'idée. Juste un petit moment. Je suis clouée dans ce lit. C'est trop dur pour moi de changer maintenant. C'est impossible que je t'imagine mariée. Tu restes ma petite fille. »

Miriam détourna les yeux de la fenêtre et sourit.

« Qu'est-ce qui te fait sourire ? demanda Sister.

— Toi. Tu essaies de me faire repousser mon mariage indéfiniment, exactement comme grand-mère a voulu te dissuader d'épouser Early.

— Maman avait raison ! Tu as vu le désastre que ça a donné ? Si je l'avais écoutée, je serais une femme heureuse aujourd'hui ! Tu ferais mieux d'écouter mes conseils et de reporter ce mariage. Juste pour un temps. Pour que tu puisses y réfléchir encore un peu.

— C'est tout réfléchi, dit Miriam d'un ton léger en se dirigeant vers la porte. Ma décision est prise, c'est comme ça. »

Et ce fut comme ça. La capacité des Caskey à surprendre Perdido semblait inépuisable. À l'annonce des fiançailles de Miriam Caskey et Malcolm Strickland, la ville fut estomaquée. Avant ça, deux rumeurs avaient circulé parmi les habitants. La moitié d'entre eux pensaient qu'elle épouserait Billy Bronze, l'autre, qu'elle ne se marierait jamais. La possibilité qu'elle jette son dévolu sur Malcolm Strickland ne les avait jamais effleurés. La seule explication qu'ils trouvèrent satisfaisante était que le jeune homme avait violé Miriam et qu'elle était enceinte.

Miriam n'était pas de celles à faire durer inutilement des fiançailles. Elle annonça que son mariage aurait lieu deux jours après Noël ; date choisie de façon pragmatique parce qu'elle n'avait rien dans son agenda autour du jour férié. « Je n'ai aucune intention de décaler mes rendez-vous à Houston et New York simplement parce que je me marie », confia-t-elle à sa mère.

Cela laissait seulement deux mois à Elinor et Queenie pour tout organiser, mais elles y mirent du cœur. Le mariage en lui-même, comme chaque cérémonie chez les Caskey, serait célébré en toute intimité à dix heures du matin dans le grand salon d'Elinor. Néanmoins, il en irait autrement de la réception. Ce fut Queenie qui suggéra l'idée de fêter ça en grande pompe. « On pourrait inviter tout Perdido et plus encore », lança-t-elle, sans penser que Miriam accepterait, s'attendant plutôt à ce que celle-ci exige une réception brève et informelle, mais Miriam surprit sa future belle-mère. « Bonne idée. Invite tout le monde. » Et, de fait, *tout le monde* fut invité. On envoya plus de cinq cents invitations. Miriam était une femme d'affaires, et, en tant que telle, on la connaissait dans le sud de l'Alabama, la Panhandle de Floride et bien au-delà. Elle savait qu'elle avait un statut à maintenir, et que ce statut requérait que son mariage soit à la hauteur. Le marié ne correspondait peut-être pas tout à fait à ce qui était attendu dans sa position, mais les divers collaborateurs de Miriam l'avaient vu à l'œuvre au moins une fois. À vrai dire, la plupart soupçonnaient qu'elle le gardait à portée pour des raisons qui dépassaient sa capacité à changer une ampoule.

Entre l'annonce du mariage et la cérémonie elle-même, Oscar fut absent la plupart du temps. Elinor y veillait. Elle le voulait le plus loin possible afin de se livrer tranquillement aux préparatifs nécessaires. Ce fut elle qui lui mit en tête d'aller voir à quoi ressemblaient les golfs du Kentucky, si bien que Luvadia autorisa son fils, Sammy, à l'accompagner comme caddy. La vue d'Oscar ayant énormément baissé, il avait besoin de l'assistance de quelqu'un de confiance qui saurait se montrer patient par rapport à son infirmité. Pendant ces deux mois, Oscar et Sammy – qui n'avait que seize ans et sécha donc les cours pendant cette période – parcoururent la Géorgie et la Caroline du Sud, et Oscar jouait dans tous les country clubs et les parcours de golf publics qu'ils croisaient. Oscar logeait dans des motels et des hôtels où, la nuit, il faisait entrer en douce Sammy, afin que celui-ci dorme par terre dans sa chambre, enroulé dans des couvertures. Oscar appelait Perdido tous les jours et demandait à Elinor si les choses s'étaient suffisamment calmées pour qu'il puisse rentrer. Celle-ci lui répondait invariablement : « Reste là-bas aussi longtemps que tu peux, chéri. Si tu reviens maintenant, tu seras constamment dans nos jambes. »

Miriam refusait de se mêler à l'organisation des noces et insistait pour maintenir son emploi du temps à la scierie. Durant ces huit semaines, Billy, Malcolm et elle effectuèrent deux voyages d'affaires à Houston, et un à Atlanta. L'essayage de sa robe de mariée se fit dans son bureau, pendant qu'elle enregistrait des lettres à l'aide d'un dictaphone.

Malcolm était aux anges. Il n'arrivait pas à croire en sa chance. Il s'inquiétait certes de savoir s'il ferait ou non un bon mari, mais se rassurait à l'idée que ce n'était pas vraiment son problème ; Miriam le modèlerait à sa convenance. Fort de ce raisonnement, il pouvait alors se laisser aller entièrement à sa joie. Rien n'avait changé dans sa relation avec Miriam, à une exception près : lorsque Miriam, Billy et lui voyageaient, c'était désormais lui qui partageait une chambre double avec elle, et Billy qui en prenait une simple, alors qu'auparavant, Billy avait toujours partagé celle de Miriam. Queenie lui avait un jour demandé pourquoi elle ne laissait pas les deux hommes dormir ensemble afin d'avoir une chambre pour elle. Ce qui aurait certainement fait meilleur genre. La réponse de Miriam avait été pour le moins inattendue : « Queenie, la vérité c'est que j'ai peur de dormir seule. Et je suis assez âgée et assez riche pour faire ce que je veux. »

Maintenant qu'il partageait occasionnellement la chambre de Miriam, Malcolm n'insistait néanmoins pas pour dormir dans son lit. Elle lui dicterait la conduite à suivre pour ces choses-là aussi.

De tels bouleversements perturbaient Queenie.

Elle s'occupait l'esprit en s'activant tant et plus – il y avait tellement à faire en si peu de temps ! – et ne s'accordait pas le loisir de réfléchir à la situation. Pourtant, lorsqu'elle s'asseyait un instant, elle n'arrivait pas à croire que son fils allait se marier. Il n'épousait pas Miriam pour son argent – Queenie en était sûre et certaine. Elle-même était riche à présent, et elle s'était assurée dans son testament que Malcolm ne manque jamais de rien. De la même façon, elle ne pouvait se résoudre à l'idée que celui-ci aime pour de bon sa future épouse. Et pourtant… c'était peut-être le cas. Peut-être même que Miriam l'aimait aussi. Queenie soupirait. Tout ça la dépassait, il était beaucoup plus simple de se soucier que les serviettes de table soient prêtes à temps.

Le samedi suivant Thanksgiving, Lucille et Grace organisèrent un enterrement de vie de jeune fille pour Miriam dans leur ferme. Toutes les femmes de Perdido furent conviées à la fête, quel que soit leur rang social. En dehors de la famille, Lucille et Grace s'étaient toujours tenues à l'écart de la société, et rares étaient ceux qui étaient déjà venus à Gavin Pond. La propriété n'avait plus rien à voir avec ce qu'elle était jadis. Le petit corps de ferme dans lequel Lucille, enceinte, avait posé le pied pour la première fois avec appréhension quatorze ans plus tôt, avait subi tant de transformations et de travaux d'agrandissement qu'on aurait cru s'être trompé d'endroit. Désormais, une allée bétonnée y conduisait depuis la route principale, et on y trouvait un immense patio en brique ainsi qu'une grande piscine. Un hectare de forêt avait été dégagé pour aménager un jardin de camélias ; Lucille travaillait avec ardeur à y implanter les espèces les plus rares que l'on connaisse. Un gigantesque troupeau de vaches paissait dans le verger de pacaniers et les propriétaires pouvaient se targuer de posséder trois autos, deux camions, deux tracteurs et cinq bateaux. La nuit, le ciel au sud de la propriété se teintait d'orange, au-dessus des torchères des puits de pétrole.

À quarante-six ans, Grace était plus mince qu'aucun Caskey ne l'avait jamais été – à vrai dire, elle était presque émaciée. Elle était bronzée grâce au soleil et heureuse grâce à Lucille. À trente-huit ans, cette dernière était plus dodue que Queenie, et comblée d'être avec Grace. Tommy Lee Burgess, son fils, avait quatorze ans. Timide, bonhomme et pataud, il détonnait parmi les autres membres de la famille : discret quand il était là, et carrément oublié quand il était absent. Tommy Lee adorait pêcher, chasser, conduire et être seul. Grace lui demanda un jour s'il souhaitait intégrer une école militaire où, pour changer, il serait entouré d'hommes, mais Tommy Lee avait secoué la tête, horrifié, et répondu qu'il ne désirait rien tant que rester où il était à faire ce qu'il faisait.

Grace et Lucille avaient fait construire pour Luvadia la plus grande cuisine que quiconque ait jamais vue dans la région. Zaddie et Melva vinrent lui prêter main-forte à l'occasion de la fête. Les dames de Perdido se présentèrent une demi-heure plus tôt dans l'espoir qu'on leur ferait visiter les lieux. Lucille était fière de sa demeure et enchantée à l'idée de pouvoir faire plaisir. Les dames furent impressionnées et houspillèrent en riant Grace et Lucille d'avoir gardé pour elles cet endroit si merveilleux.

Au cours de la soirée, Grace confia à Miriam :

« Au départ, ce lieu était tenu secret à cause de la grossesse de Lucille. Puis on a trouvé du pétrole, et on a aussi voulu garder ça entre nous. Résultat, Lucille et moi avons pris l'habitude de ne pas nous mêler aux autres, et de n'inviter que la famille. On devrait peut-être se mettre à recevoir davantage.

— Ce n'est pas moi qui ferais la même chose pour cette meute », répondit Miriam à voix basse, toisant la foule d'invitées bien mises agglutinées autour du buffet.

La comédie à laquelle se livra Miriam lorsqu'elle s'assit pour ouvrir ses cadeaux dépassa de loin les performances de ces dames lors du jeu de mimes qui eut lieu plus tard. En découvrant une nouvelle calculatrice, Miriam sentit monter une vague d'excitation ; moins à la vue de sous-vêtements roses et de chaussons en peluche. Elle sut néanmoins faire bonne figure et adresser un mot poli à chacune, au point qu'Elinor lui confia plus tard :

« Tu aurais pu te montrer très désagréable, mais tu ne l'as pas fait.

— À quoi bon ? Elles étaient plutôt gentilles.

— Parfois, répondit sa mère, j'ai l'impression que tu mûris.

— La vraie question, soupira la jeune femme,

c'est comment je vais réussir à me débarrasser de toute cette camelote ? »

Sister ne digérait pas l'annonce du mariage. Elle refusait de s'y impliquer de quelque manière que ce soit, ou que le sujet soit abordé en sa présence. Elle refusait même d'admettre tout haut que Miriam allait épouser Malcolm. Queenie ayant été forcée de lui fausser compagnie lors des deux mois d'intenses préparatifs, Sister ne décolérait pas. Assise sur le fauteuil à côté du poste de radio, Ivey restait à son chevet jour après jour, mais elle n'était pas du genre à commérer, aussi Sister, terrassée par l'ennui, occupait-elle ses journées à épier la maison d'Oscar, avec ses jumelles. Elle ne voyait jamais rien, si ce n'est Zaddie ou Elinor qui passaient devant une fenêtre.

Ivey ne lui fournissait pas d'information croustillante au sujet de la maison voisine, pour la simple raison qu'elle était toujours en froid avec Zaddie et ne lui adressait même pas la parole. Personne ne découvrit jamais les causes de leur brouille ; il s'agissait d'une affaire privée et aucune des deux sœurs n'évoqua jamais vraiment le sujet.

Dans le tiroir de sa table de chevet, Sister gardait un calendrier où elle barrait quotidiennement une nouvelle date la séparant de Noël, et tous les soirs, elle faisait le compte des jours restants. Ce nombre, qui décroissait fatalement, hantait ses nuits et lui rongeait l'esprit, au point qu'Ivey s'alarma de la situation. La domestique se mit à gaver l'infirme de sirops sucrés extraits de fioles bleues – sans effet notable. Sister s'affaiblissait, mais ne s'apaisait pas pour autant. Chaque matin, on avait l'impression qu'elle avait sombré un peu plus profondément dans son océan d'oreillers en plumes d'oie.

Une dizaine de jours avant le mariage, Miriam s'en fut à la Nouvelle-Orléans pour un rendez-vous professionnel imprévu et immanquable. Lorsqu'elle rentra à l'heure du dîner deux jours plus tard, Ivey l'attendait derrière la porte moustiquaire.

« Madame Caskey est malade, annonça-t-elle simplement. Elle veut vous parler. »

À l'étage, Miriam fut choquée en découvrant sa tante.

« Tu es *vraiment* malade, dit-elle crûment. Je n'ai jamais vu personne avec une mine aussi épouvantable. »

Sister paraissait à peine capable d'ouvrir les yeux. Sa tête était affaissée sur sa poitrine, ses mains crispées gisaient inertes sur la couverture. On aurait dit qu'elle n'avait pas bougé depuis des jours, frêle marionnette à laquelle on aurait coupé les ficelles.

« Reporte-le… », chuchota-t-elle. Ses lèvres remuaient à peine.

Miriam s'approcha du lit.

« Reporte-le… répéta-t-elle, toujours aussi bas.

— Non, rétorqua Miriam, comprenant enfin l'inaudible requête. D'une part, parce que Elinor et Queenie se sont donné beaucoup de mal pour tout organiser. D'autre part, parce qu'il est trop tard maintenant. Et pour finir, j'ai envie de me marier. »

La tête de Sister roula sur son épaule.

« Ça va me tuer… », murmura-t-elle. Sa tête roula sur l'autre épaule et elle ferma les yeux.

Miriam s'assit au bord du lit. Dehors il faisait noir, seule la lampe de chevet éclairait la pièce. Elle prit la main de sa tante.

« Sister, dit-elle fermement, même si je croyais à ce que tu dis, tu ne me ferais pas changer d'avis. »

Sister ouvrit lentement les yeux et regarda sa nièce à travers ses larmes.

« Tu préfères me tuer, c'est ça ?

— Sister, répondit Miriam en lui prenant l'autre main pour la presser contre sa poitrine, tu deviens comme grand-mère.

— Nooon… »

Son cri de protestation était à peine plus fort qu'un soupir.

« Si. Tu essaies de me piéger pour que j'annule mon mariage. Exactement comme grand-mère l'aurait fait. Sauf que tu n'es pas grand-mère ; tu es Sister. Et je ne suis ni toi ni Oscar. Je ne suis même plus celle que j'étais. Personne ne me dictera ma conduite… ni sur ça ni sur quoi que ce soit. Tu crois pouvoir me faire annuler le mariage en jouant la comédie…

— Pas la comédie…

— Peu importe. Si tu es vraiment malade, je suis désolée pour toi, mais ça ne fait aucune différence. Je ne céderai pas. Donc, tu ferais mieux de te rétablir, Sister, parce que samedi prochain, il y aura dans cette maison quatre cent trente-sept invités venus me féliciter, et je ne voudrais surtout pas que tu sois dérangée par le bruit. »

Miriam lâcha les mains de sa tante. Puis elle se leva, quitta la pièce et rejoignit sa propre chambre pour y défaire ses valises.

« Reporte-le… », chuchota Sister un instant plus tard, sans se rendre compte que la pièce était vide.

LES NOCES

La santé de Sister ne s'améliora pas au cours de la semaine précédant le mariage. À son retour, Oscar fut choqué de la trouver aussi faible et hagarde. Noël arriva et après que les cadeaux eurent été déballés chez Elinor le matin, la famille se rendit au chevet de Sister afin de lui porter ceux qui lui étaient destinés, se rassemblant dans le couloir mais n'entrant dans sa chambre qu'un par un. Sister souriait faiblement, mais n'était pas capable de garder longtemps les yeux ouverts. Lilah s'assit au bord du lit et posa un cadeau entre les mains de l'infirme. Un doigt saisit brièvement le ruban, mais la fillette dut défaire elle-même le paquet. C'était une boîte de sa poudre préférée, qui sentait la rose fanée. « Merci, mon enfant », chuchota Sister. Ses paupières, mouillées de larmes, s'ouvrirent brièvement.

Personne, pas même Elinor, n'osa suggérer de reporter le mariage du fait de la maladie de Sister. Miriam s'était montrée remarquablement arrangeante durant les préparatifs, approuvant chaque proposition de Queenie ou d'Elinor, mais qui aurait pu dire comment elle réagirait si on lui demandait de remettre la cérémonie à plus tard ? Elle serait peut-être capable de l'annuler purement et simplement. Ou bien de traîner Malcolm à l'hôtel de ville et de ne plus jamais remettre les pieds à la maison. Une chose est sûre, elle ne s'approcherait plus jamais de la chambre de Sister. « Il se peut que Miriam n'ait pas complètement tort, soupira Oscar, pourtant très affecté par la dégradation de l'état de santé de sa sœur. Je me souviens comment j'ai reporté mon mariage à plusieurs reprises pour faire plaisir à maman, et ça ne nous a apporté que des ennuis. »

Ce n'était pas Elinor qui allait le contredire, aussi le mariage fut-il maintenu pour le samedi suivant.

Le lendemain de Noël, les ouvriers de la scierie vinrent dresser de grandes tentes de réception dans les cours à l'arrière de chacune des maisons Caskey, se servant des troncs hauts et fins des chênes d'eau comme piquets. Les chapiteaux en tissu rayé s'étiraient depuis les porches jusqu'à la digue. On éleva une scène à l'orée de la forêt, sur laquelle jouerait un petit orchestre de Mobile. Malcolm fut chargé de réunir suffisamment de chaises et de tables, qu'il récupéra dans les églises, les baraquements et les centres de vétérans de l'armée américaine du comté tout entier. La ville ne perdait pas une miette de ces installations ; toute la journée, des voitures passaient et repassaient devant la propriété en ralentissant à l'approche de la maison ; les enfants se perchaient sur les palissades du verger en face où, vêtus de leurs habits de Noël, ils se montraient avec orgueil leurs nouveaux jouets tout en observant les allées et venues de l'autre côté de la route.

Durant cette période, Oscar avait seulement l'impression de gêner, y compris dans sa propre demeure, et le seul endroit où il pensait ne pas déranger était aux côtés de sa sœur, si bien qu'il passait ses journées à son chevet, à évoquer le bon vieux temps. Sister ne répondait qu'occasionnellement aux souvenirs et aux interminables histoires de son frère, et rarement d'une voix assez audible pour que celui-ci la comprenne. Lorsqu'il y parvenait, il se tortillait avec gêne sur son siège car il lui semblait que Sister n'avait pas saisi un seul mot de ce qu'il venait de raconter. Malgré tout, il restait auprès d'elle, lui tenant la main en évoquant les années au cours desquelles elle et lui avaient grandi dans la maison avec leur mère Mary-Love. « Et Sister, tu sais quoi ? Tu lui ressembles de plus en plus. »

Même si toutes les cuisinières des Caskey avaient œuvré ensemble pendant des semaines, elles n'auraient pas réussi à préparer suffisamment de nourriture pour la foule d'invités prévue, si bien que les traiteurs se mirent à arriver dès l'aube le samedi matin.

La journée était nuageuse et voilée, mais chaude. Les traiteurs s'inquiétèrent du risque de pluie, mais les Caskey n'avaient aucune crainte. Elinor avait déclaré, avec son autorité et son laconisme habituels : « Pas de pluie, aujourd'hui. »

Déjà apprêtées, Elinor et Queenie se présentèrent chez Miriam à neuf heures pour l'aider à enfiler sa robe. Elles la trouvèrent qui se débattait dans le vêtement, sans cérémonie ni sentiment. « Zut ! Zut ! Zut !

marmonnait-elle. Mais pourquoi personne n'a eu l'idée d'enlever ces fichues épingles ? »

Un quart d'heure plus tard, elle était prête ; il ne restait qu'à attendre dix heures. Miriam s'impatientait, assise près de la fenêtre, battant son bouquet contre la paume de sa main et saluant parfois l'un des ouvriers qui traversait la cour. Queenie rentra chez elle pour s'assurer que Malcolm avait correctement fait son nœud de cravate. Lucille et Grace arrivèrent, et, après avoir embrassé Miriam, lui déclarèrent : « Tu fais une grosse bêtise en épousant un homme ! On te souhaite d'être la plus heureuse des femmes ! »

Quelques minutes avant la cérémonie, Elinor se leva, ferma la porte de la chambre et revint se camper devant sa fille. Les deux femmes étaient seules.

« Eh bien ? dit Miriam d'un ton sec. Quelque chose ne va pas avec la robe ?

— Tu es très belle, répondit calmement sa mère. Je voulais juste savoir ce que Malcolm et toi aviez prévu comme alliance ? »

Miriam éclata de rire et pointa la commode au coin de la chambre.

« Demande donc à Lilah si le dernier tiroir de ce meuble n'est pas rempli à ras bord de bagues... Et je ne parle même pas de ce qu'il y a dans mes coffres-forts. J'en ai pioché une là-dedans et je l'ai donnée à Malcolm. Aucune raison de mettre de l'argent dans une alliance alors que j'en ai déjà tellement.

— Miriam, je ne t'ai encore rien offert.

— Tu as organisé tout ça », répondit-elle avec un geste englobant de la main en direction de la fenêtre.

Au-dessous se trouvaient les chapiteaux et une douzaine de domestiques et d'extras recrutés pour la journée. Le tintement de bouteilles entrechoquées et le brouhaha de voix donnant des ordres résonnaient dans l'air. « J'aurais été incapable de le faire.

— J'ai quand même quelque chose d'autre pour toi.

— Qu'est-ce que c'est ? demanda Miriam avec suspicion.

— Ça », dit Elinor en sortant de son sac à main un diamant monté sur un anneau en or. Le solitaire était trouble mais très gros, de presque trois carats. L'anneau se composait de quatre bandes d'or. Miriam le lui prit délicatement des mains, caressant les facettes du diamant, puis elle leva les yeux vers sa mère.

« C'était à grand-mère, dit-elle avec lenteur. Tu le lui avais enlevé quand elle était dans son cercueil. Avant que je n'arrive.

— C'est vrai.

— Je ne te l'ai jamais pardonné.

— Je sais.

— Peu importe que tu m'aies dit qu'il y avait du pétrole sous Gavin Pond, que tu n'aies jamais essayé d'interférer dans ma gestion de la scierie, ou que tu aies tenu cette famille à bout de bras et fait le bonheur de tout le monde... Je ne t'ai jamais pardonné d'avoir pris cette bague. »

Elinor ne dit rien.

« J'imagine, poursuivit Miriam, que tu voudrais que je te pardonne maintenant.

— Je ne m'attends pas à ça. Mais il est juste que tu reçoives cette bague maintenant que tu te maries. »

Miriam regarda par la fenêtre.

« C'est bientôt l'heure. Il faut que j'aille parler à Sister. »

Elle glissa l'anneau à son doigt, se leva et sortit de la pièce, laissant sa mère seule.

Son bouquet à la main, Miriam se tenait au chevet de Sister. Le parfum de ces fleurs fraîches, si pénétrant, dans cette chambre qui, pendant tant d'années, n'avait connu que celui des fleurs fanées, fit ouvrir les yeux à l'infirme.

« Sister, je vais aller chez Elinor maintenant, et Malcolm et moi allons nous marier. »

Sister essaya de détourner la tête, sans trouver la force de le faire. Ses paupières se refermèrent.

« Nous allons passer l'après-midi à nous préparer pour la réception de ce soir, puis Malcolm et moi partirons en lune de miel à la Nouvelle-Orléans. On comptait aller à New York, mais j'ai des gens à voir à la Nouvelle-Orléans, donc on a changé nos plans. Malcolm dit qu'on ira où je veux, peu lui importe, et si je préfère rester ici ça ne le dérange pas non plus. Queenie te tiendra compagnie pendant mon absence, comme elle le fait toujours. Et à notre retour, Malcolm viendra s'installer ici. Je n'ai pas encore décidé s'il allait dormir dans ma chambre ou dans une autre. Mais je suppose que ça t'est égal, puisque de toute façon tu ne sors jamais d'ici. Tu n'auras pas non plus à t'occuper de lui, je l'ai déjà prévenu de te laisser tranquille et de ne t'approcher que si tu le lui demandes. Et il a acheté trois paires de chaussures avec des semelles en caoutchouc pour ne pas faire de bruit quand il marche. »

Sister ne manifesta par aucun signe ou mouvement qu'elle avait entendu ce que disait sa nièce.

« Elinor vient de me donner la bague de grand-mère. Je croyais qu'elle avait disparu pour toujours. Le diamant est plus gros que dans mes souvenirs, mais il a des impuretés. »

Sister ne bougeait toujours pas. Ses mains gisaient inertes sur les couvertures.

Miriam se tourna soudain et tira une chaise jusqu'au lit. Jetant son bouquet par terre, elle s'assit, se pencha en avant et saisit les mains de Sister.

« Ta bénédiction ! siffla-t-elle. Donne-moi ta bénédiction, Sister ! »

La malade ouvrit lentement les yeux et, plus lentement encore, secoua la tête.

Conduite par Ruthie Driver, la cérémonie eut lieu dans le silence et sans perte de temps. Ainsi que chacun l'avait prédit, Ruthie était devenue en grandissant le portrait de sa mère, Annie Bell. À la mort de celle-ci, sa fille avait repris le pastorat de l'église baptiste Zion Grace. Désormais, elle aussi était mariée, mais rares étaient ceux qui parvenaient à se souvenir du nom de son mari. Ni Miriam ni Malcolm ne fréquentaient cette église, mais Miriam avait déclaré qu'elle se sentirait plus à l'aise d'être mariée par une femme. Billy était le témoin de Malcolm, et

Lilah, l'unique demoiselle d'honneur. Oscar et Elinor se tenaient par la main, tout comme Lucille et Grace. Tommy Lee avait passé son bras autour des épaules secouées de sanglots de Queenie. La seule musique fut celle des coups de marteau de dernière minute d'un charpentier dans la cour. « Bon, fit Miriam dès que Ruthie eut entonné le *amen* final, c'est parti pour la suite du programme. »

Chacun se précipita chez soi, abandonna ses vêtements guindés et réapparut quelques minutes plus tard pour aider aux dernières choses à faire en vue de la réception du soir. Oscar monta dans la chambre de sa sœur, où il écouta le match de football à la radio. Elinor et Queenie semblaient avoir le don d'ubiquité, tant elles étaient partout à la fois. Il y avait tellement à gérer et à superviser que, pour la première fois depuis plus de dix ans, Ivey et Zaddie furent forcées de se parler. Grace et Lucille s'étaient elles-mêmes assigné des tâches qu'elles complétaient l'une après l'autre avec ordre et sérénité : elles dressèrent les tables à cocktail, trouvèrent les bonnes nappes et désemballèrent puis lavèrent les centaines de verres à punch de James. Même Lilah ne tenait pas en place, donnant des ordres à des hommes trois fois plus âgés qu'elle et tirant une grande fierté de cette autorité nouvelle. Miriam allait et venait, Malcolm sur les talons, lançant ici et là un mot aux traiteurs, aux domestiques et aux ouvriers de la scierie, sans se donner la peine d'aider elle-même mais s'amusant de toute évidence beaucoup. « Quel soulagement d'être sortie de cette fichue robe », dit-elle à plusieurs reprises. Elle portait au doigt l'anneau de Mary-Love, mais se gardait d'adresser la parole à sa mère.

À seize heures, tout était prêt. Lilah courut dans la chambre de Sister et annonça à Oscar : « Grand-père, grand-mère dit qu'il est temps d'aller te changer. Les invités vont arriver d'une minute à l'autre. »

Se levant, Oscar s'approcha de sa sœur.

« Sister, ça va aller avec tout ce raffut ? Ça ne va pas trop t'embêter d'avoir tant de monde à la maison ? »

Elle ne répondit pas, mais Oscar sentit contre la paume de sa main une infime pression, qu'il ne sut pas interpréter.

Les premiers hôtes arrivèrent avec une demi-heure d'avance, ce qui était prévisible, ceux qui venaient de loin pouvant difficilement anticiper d'être pile à l'heure. La maison de Queenie servait de refuge aux hommes, tandis que celle de Miriam était réservée aux femmes. En tant que parents des époux, Elinor, Oscar et Queenie accueillirent de manière formelle les invités dans la maison d'Elinor. Vêtue de soie verte, Miriam ne portait aucun autre bijou que le diamant de Mary-Love, sa sobre alliance et un bracelet d'émeraudes. Malcolm, qui s'était habitué à porter des costumes, apparut détendu dans son nouveau rôle d'époux de l'héritière. Les invités s'accordaient sur le fait que s'il n'était certes pas l'homme le plus futé de la terre, ni l'archétype du mari idéal, et que sa femme le mènerait sans nul doute par le bout du nez, il était parfaitement apte à remplir le rôle pour lequel Miriam l'avait entraîné. Personne ne s'étonna qu'elle l'envoie lui remplir son verre de punch, chercher trois de ses petits-fours favoris avant de demander à Elinor si le représentant de la Texas National Oil était arrivé. C'était précisément la façon dont elle le traitait avant leur mariage, et chacun s'attendait à ce qu'il en soit toujours ainsi.

Le dîner fut servi à l'extérieur. La toile des chapiteaux enflait et ondulait sous le vent, donnant aux troncs des chênes d'eau l'apparence de frêles colonnes incurvées de façon grotesque. Tout le monde eut du sable dans ses chaussures, mais les centaines de lumières jaunes fournissaient un éclairage chaleureux et flatteur. Une fois n'est pas coutume, la Perdido, qui coulait juste de l'autre côté de la digue, charriait une odeur suave, comme si elle s'était parfumée spécialement pour l'occasion.

La ville ne bouda pas son plaisir. Miriam avait eu peu de requêtes concernant l'organisation de ses noces, mais elle avait tenu à inviter tous les employés de la scierie. Aussi étaient-ils venus, accompagnés de leur femme. La plupart avaient acheté une tenue pour l'occasion. Il n'y en avait pas un seul dont Miriam ne connût le nom. Oscar, qui accueillait les invités, fut choqué de se rendre compte combien il en avait oublié ou même jamais su. On vint de tout le sud de l'Alabama et de l'ouest de la Floride, en cortèges de voitures partis de Mobile, de Montgomery ou de Pensacola. Des hommes qui travaillaient dans le bois de charpente et le pétrole prirent l'avion depuis New York, la Nouvelle-Orléans et Houston. On fit même monter une tente de réception derrière chez Queenie pour la communauté noire de Perdido.

Après le dîner, les ouvriers de la scierie ôtèrent leur veste et déplacèrent tables et chaises tandis que l'orchestre accordait ses instruments avant d'entamer le concert. Sammy Sapp, aidé d'une armée de jeunes filles et de jeunes hommes noirs, ratissa à nouveau le sable en préparation du bal. Il était vingt et une heures lorsque Miriam déclara que l'orchestre jouerait jusqu'à ce que le dernier couple sur la piste ne sente plus ses pieds.

Elle et Malcolm ouvrirent le bal, accomplissant une prouesse pour laquelle ils furent vivement acclamés et applaudis. Elinor et Queenie échangeaient des coups d'œil surpris mais fiers – aucune n'avait pensé que ces deux-là puissent se livrer à une telle performance.

Oscar s'avança et invita Miriam. Malcolm s'inclina devant Elinor et l'entraîna sur la piste. Peu après, tout le monde dansait : plus de mille personnes valsaient dans le sable sous les chênes d'eau.

Ceux qui vivaient à Perdido depuis longtemps s'émerveillèrent non tant de la splendeur des noces, les Caskey étaient riches et pouvaient s'offrir bien davantage, mais qu'ils aient simplement pris la peine d'organiser cette fête. Personne ne se rappelait la dernière fois que l'un d'entre eux s'était marié avec une quelconque réception. Leurs mariages avaient toujours été intimes, pour ne pas dire en vase clos. Et que ce soit, de tous les membres de la famille, Miriam qui ait voulu ou permis un tel faste, était la chose la plus étonnante qu'il serait donné de voir ici avant longtemps.

La maison de Miriam ayant été mise à la disposition des invitées, il y eut tout au long de la soirée d'incessants va-et-vient par la porte d'entrée et celle de service, dans les escaliers comme dans la chambre de la mariée et les deux chambres d'ami, ainsi que dans les salles de bains. Avant que la réception ne commence réellement, Queenie était montée voir Sister et était restée quelques minutes à ses côtés. Elle l'avait trouvée plus pâle et inerte que jamais. Elle avait donc demandé à Versie, la fille de dix ans de Luvadia, de veiller sur la malade, ordonnant à l'enfant de n'ouvrir à aucun visiteur. Mais Versie, une fillette de la campagne, n'était nullement en mesure de lutter contre les dames de Perdido, qui savaient que la chambre de Sister se trouvait au fond du couloir. Ces dernières virent là l'occasion rêvée de s'y faufiler et de parler à celle que l'on n'avait pas vue dans les rues de la ville depuis plus de dix ans. Elles entrèrent d'abord une par une, sans faire cas des protestations de Versie et s'asseyant quelques instants au chevet de Sister pour lui parler avec volubilité, la plaindre de sa mauvaise santé et, finalement, se lasser lorsqu'elles se rendaient compte que l'infirme ne répondrait pas à leurs questions. Bientôt, il fut impossible de garder la porte fermée, si bien que les dames de Perdido se mirent à envahir la pièce par grappes et à encercler le lit. La chambre, qui avait reçu si peu de visites au cours des dix dernières années, devint subitement un capharnaüm de soies et de laines, de poudres et de parfums, de bavardages et de gloussements. Sister gisait immobile, adossée à son mur d'oreillers, ses mains reposant sur sa couverture impeccablement tirée, paumes tournées vers le plafond et doigts crispés.

Démoralisée par son incapacité à retenir ce déferlement féminin, Versie finit par tout bonnement capituler et s'enfuir par la porte de service pour rejoindre la tente réservée aux Noirs. Là, elle se cacha dans un coin sombre, but du punch et mangea du poulet jusqu'à ne plus rien pouvoir avaler. C'est Oscar qui la trouva une heure plus tard, sa mauvaise vue l'ayant fait trébucher par mégarde sur la fillette alors qu'il comptait se rendre aux toilettes chez Queenie.

« Qui est-ce ? demanda-t-il.

— C'est Versie, répondit l'enfant, apeurée.

— La fille de Luvadia ?

— Oui, Monsieur Oscar.

— Qu'est-ce que tu fais là ? Queenie m'a dit qu'elle t'avait chargée de surveiller la chambre de Sister.

— C'est bien ce qu'elle a fait, Monsieur Oscar, répondit Versie, terrifiée d'être surprise alors qu'elle avait failli à sa mission. Mais y avait tellement de dames là-haut, elles m'ont mises à la porte !

— Comment ! s'écria Oscar. Tu veux dire que tu as laissé entrer des gens dans sa chambre ?

— J'ai pas pu les empêcher !

— Va chercher Queenie et dis-lui de monter voir Sister et de faire sortir tout le monde, tu m'entends ? Maintenant ! »

Oscar alla aux toilettes puis se rendit chez Miriam.

Les femmes poussèrent des cris et des rires en voyant un homme dans la maison, mais Oscar les ignora. Il monta l'escalier, traversa le couloir et entra dans la chambre de sa sœur. Manifestement, Versie n'avait pas encore trouvé Queenie – la fillette avait vraisemblablement eu tellement peur que Queenie découvre son forfait qu'elle n'était peut-être même pas allée la chercher –, car la chambre était toujours remplie de femmes, qui assises sur les fauteuils, qui adossées contre les meubles, qui perchées sur le rebord de la fenêtre ou sur le lit. Au centre de cet essaim, Sister gisait en silence.

« Dehors ! s'écria Oscar le plus fort qu'il put. Tout le monde dehors ! »

Il y eut une vague de protestations scandalisées en réponse à ce ton grossier et péremptoire. Sans un mot de plus, Oscar saisit le bras de la femme la plus proche – l'épouse d'un des nouveaux médecins de la ville – et la poussa avec rudesse vers la porte.

« Voyou ! », s'indigna-t-elle en se retournant, mais Oscar en avait déjà attrapé une autre, la compagne du comptable de la scierie, et il les expédia toutes les deux dans le couloir.

Et voilà qu'il en saisissait une troisième. Puis une autre, et encore une, répétant le même geste et criant : « Dehors ! Dehors ! Je veux tout le monde dehors ! » Voyant qu'il ne plaisantait pas, il y eut un mouvement général vers la sortie, et quelques secondes plus tard, la chambre était vide d'intruses. Oscar claqua la porte et tira les rideaux ; Sister et lui étaient seuls. Il rapprocha une chaise à côté du lit.

« Sister, demanda-t-il à voix basse, tu as les yeux ouverts ? Il fait tellement sombre ici, je n'y vois rien. »

Oscar eut l'impression qu'elle n'avait absolument pas bougé.

« Je les ai toutes mises dehors. Queenie n'aurait jamais dû laisser la petite de Luvadia garder cette chambre seule. Elle est trop petite pour empêcher qui que ce soit d'entrer. Mais ne t'en fais pas, je vais rester ici avec toi. Et je t'assure que personne n'entrera plus tant que je serai là. »

En attendant l'arrivée de Queenie, il se renfonça dans le siège et entreprit de décrire à Sister la réception – le nombre d'invités, qui avait dit quoi, comme Miriam était belle et comme Malcolm était élégant. Il entendait l'orchestre jouer sur la scène installée près des pins, et lorsqu'il reconnaissait les chansons, il reprenait en chœur les paroles en souriant à Sister et remettant ses draps en ordre. Au bout d'un moment, il retrouva son sérieux et déclara : « Je vais te dire quelque chose que tu ne veux sûrement pas entendre, Sister, mais il faut que je le dise. Voilà, tu as été injuste avec Miriam à propos de ce mariage. Elle ne mérite pas un tel traitement, elle a toujours été gentille avec toi. Miriam peut être parfois sèche, mais je ne crois pas qu'il y ait quelqu'un de plus loyal sur cette terre. Elle ferait n'importe quoi pour toi, et toi, tu l'as traitée comme une moins-que-rien. Tu t'es comportée comme maman l'aurait fait. Il n'y a pas d'autre façon de le dire. Tu deviens exactement comme elle, et ça me tue. Mais tu sais, il n'est pas trop tard pour changer, parce que quand Miriam et Malcolm rentreront de la Nouvelle-Orléans, ils vont venir s'installer ici, à l'autre bout du couloir, et tu vas avoir l'occasion de te montrer gentille avec eux. Tu peux le faire, si tu t'en donnes la peine. Je ne suis pas Miriam, donc j'ignore si elle aime vraiment Malcolm, et je ne suis pas Malcolm, donc j'ignore s'il aime vraiment Miriam. Mais on dirait bien que c'est le cas, même si aucun d'entre nous ne l'avait vu venir. Et puis, ils méritent d'être heureux. Je ne l'ai encore jamais dit à personne, Sister, pas même à Elinor, mais j'ai énormément souffert quand maman et toi, vous nous avez pris Miriam. Je l'ai regardée grandir de loin en sachant que c'était ma fille, qu'on me l'avait prise et qu'elle ne me reviendrait jamais. La naissance de Frances n'a pas soulagé cette douleur. Même Billy ou Lilah n'apaisent pas cette souffrance. Je ne me suis jamais remis de la perte de Miriam, et encore aujourd'hui ça me fait mal. Et c'est toi, Sister, qui me l'a prise. Donc tu me dois quelque chose, tu me dois de t'assurer que cette enfant, que l'on m'a enlevée il y a des années, soit heureuse, dit-il doucement. Tu me le promets, Sister ? »

Il se pencha en avant et saisit les mains de sa sœur, mais elles étaient déjà froides et raides.

QUEENIE TOUTE SEULE

Trouvant enfin Queenie dans la foule, Versie la prévint qu'Oscar l'attendait dans la chambre de Sister. Sans même demander à la fillette pourquoi elle tremblait, Queenie se précipita chez Miriam où elle croisa des femmes qui se plaignirent du peu de considération d'Oscar à leur égard. Lorsqu'elle tenta d'ouvrir la porte de la chambre, elle s'aperçut que celle-ci était fermée à clé. Elle frappa.

« Oscar ! C'est toi qui es avec Sister ? »

Quelques secondes plus tard, elle entendit Oscar lui répondre à voix basse depuis l'autre côté :

« Va-t'en Queenie. Sister et moi, on discute.

— Tout va bien ?

— Tout va bien. »

Il déverrouilla la porte, la tenant entrebâillée. Queenie força sa tête dans l'ouverture et jeta un coup d'œil par-dessus l'épaule d'Oscar, en direction du lit. Sister y était étendue, immobile et silencieuse.

« Je suis soulagée que tu lui tiennes compagnie… Le vacarme doit la rendre folle.

— Écoute-moi. Je vais rester discuter avec elle,

mais je vais avoir besoin que tu fasses deux ou trois choses pour moi », dit Oscar d'un ton pressant qui interpella Queenie. Elle se contenta de hocher la tête sans poser de questions. « Essaie de trouver Ivey, Zaddie ou Luvadia, peu importe, et dis-lui de monter me voir. Tu diras aussi à Elinor de venir. Mais surtout, préviens Malcolm et Miriam qu'ils ne doivent *pas* partir pour la Nouvelle-Orléans avant de m'avoir vu. Dis-leur bien de ne pas s'en aller avant que chaque satané invité ne soit rentré chez lui. »

Alors qu'il s'apprêtait à refermer la porte, Queenie mit son pied dans l'entrebâillement et poussa légèrement le battant. Elle scruta à nouveau Sister, puis regarda Oscar dans les yeux et répondit : « Très bien, Oscar. »

Zaddie et Ivey arrivèrent devant la chambre de Sister où, pour le restant de la soirée, elles montèrent la garde assises de part et d'autre de la porte. Aucune des invitées ne put dorénavant s'en approcher d'assez près, ne serait-ce que pour toquer. Elinor arriva à son tour et entra dans la chambre, avant d'en ressortir quelques minutes plus tard. Puis Grace et Lucille firent de même. Billy vint ensuite et resta en compagnie d'Oscar. Dans la fête, une rumeur se mit à circuler selon laquelle Sister écumait de rage et ne pouvait plus se contrôler, et que les Caskey essayaient désespérément de la dissuader d'appeler un avocat pour faire déshériter Miriam. Les invités lançaient des regards en coin à la mariée, en se demandant pourquoi elle ne montait pas calmer sa tante et lui montrer son affection.

La réception commença à s'essouffler. À une heure et demie du matin, les derniers hôtes erraient çà et là, à la recherche de leur auto. L'orchestre et les traiteurs remballèrent leurs affaires et rentrèrent à Mobile et à Pensacola. Les tentes s'étaient affaissées dans l'air nocturne. L'odeur riche et moite de la Perdido envahit à nouveau la propriété. Les vestiges de la fête – l'une des plus somptueuses qu'ait connue la ville – gisaient, tristes et lugubres.

Queenie conduisit Miriam et Malcolm à l'étage, au milieu du désordre laissé par les dames de Perdido; puis devant Lucille, Grace et Tommy Lee, qui étaient assis en rang sur le lit de Miriam, les yeux rivés sur le couloir d'un air morose; puis devant Billy, le bras autour des épaules de Lilah, debout sur le seuil de la chambre d'ami. Comme il passait à sa hauteur, Billy attrapa l'épaule de Malcolm pour le retenir. Queenie et Miriam poursuivirent leur chemin seules. Elles se glissèrent entre les sentinelles Ivey et Zaddie – Gog et Magog noires – et pénétrèrent dans la chambre de Sister. Oscar et Elinor étaient assis de part et d'autre du lit. Relevée contre ses oreillers, les mains raides, paumes vers le haut sur la couverture parfaitement lisse, Sister gisait, morte et glacée.

Miriam et Malcolm ne partirent pas en lune de miel à la Nouvelle-Orléans. On annonça le lendemain que Sister Haskew était décédée au cours de la nuit.

Aux habitants de Perdido, on raconta que l'excitation du mariage et la splendide réception avaient maintenu Sister en vie pendant on ne sait combien de mois. Sister était partie heureuse et entourée des siens. Elle fut inhumée le 29 décembre dans le caveau des Caskey, aux côtés de James et de Mary-Love.

En rentrant chez elle après l'enterrement, et avant même d'avoir retiré son chapeau à voilette, Miriam se dirigea droit vers la chambre de Sister. Sans même jeter un œil à l'intérieur, elle en ferma la porte. Puis elle sortit une clé de sa poche et la verrouilla. Elle lâcha ensuite la clé par terre et, d'un coup de pied, l'expédia sous la fente.

Le 2 janvier 1959, Miriam alla à la Nouvelle-Orléans. Elle s'y rendait pour le travail, mais afin que personne n'aille s'imaginer qu'elle partait en voyage de noces si tôt après le décès de Sister, Malcolm ne l'accompagna pas. À la place, ce fut Billy qui y alla.

Ivey Sapp prit sa retraite. Elle n'était restée, confia-t-elle, que parce que Sister ne pouvait se passer de ses services. Or, ses pieds lui faisaient mal, et il lui arrivait d'avoir des trous de mémoire. De toute façon, elle se sentait seule sans Bray, et tout ce qu'elle souhaitait désormais c'était rester chez elle à écouter la radio. Ivey n'avait pas d'économies, mais elle était à ce point certaine que les Caskey subviendraient à ses besoins qu'elle ne se donna pas la peine d'évoquer le sujet lorsqu'elle avertit Miriam de son départ. Elle ne s'était pas trompée. La semaine suivante, Miriam passa la voir dans son humble maison à Baptist Bottom, soi-disant pour récupérer une recette de maïs frit pour Melva, et glissa un chèque d'un montant conséquent sous le coin de la nappe.

Servis par Melva, Miriam et Malcolm restèrent dans la maison, qui avait perdu un peu de son âme depuis le départ de Sister et d'Ivey : à elles deux, elles avaient occupé les lieux pendant plus d'un siècle. Miriam installa Malcolm dans la chambre donnant sur le devant de la maison, située face à la sienne. C'est là que le jeune homme rangeait ses vêtements et ses effets personnels. Autrement, il dormait avec Miriam. Au bout d'une semaine, celle-ci déclara qu'elle ignorait pourquoi elle ne s'était pas mariée plus tôt : dormir avec un homme était incontestablement plus amusant que dormir seule. « Quoique, on verra comment ça se passe cet été. Je suppose qu'il va falloir qu'on mette un climatiseur. »

Lors de la lecture du testament de Sister à la fin du printemps 1959, on découvrit qu'excepté un important legs à Ivey, toutes les parts, le liquide et les biens de sa tante revenaient à Miriam. Malcolm et elle étaient désormais plus riches que jamais. Non que cela fasse une différence pour Miriam. Et la seule conception que Malcolm se faisait de l'argent était celle que sa femme lui avait édictée : « Malcolm, toi et moi on possède plus que ce qu'on pourrait dépenser en mille ans. »

Queenie fut la plus affectée par la mort de Sister. Ce n'était pas une surprise, car pendant dix ans, sa vie entière avait tourné exclusivement autour de celle de la malade. Lorsqu'elle ne prenait pas soin d'elle, elle lui tenait compagnie et agissait comme ses yeux et ses oreilles, portant le poids de ses amertumes avec une patience et une humilité extraordinaires.

Toute mort est brutale, peu importe que l'agonie soit longue ou non. Sister était restée alitée onze années – sur cinq matelas et dix oreillers –, ses jours et ses mois suivant toujours le même schéma, inexorable et inchangé. Peu à peu, les oscillations de ce pendule s'étaient ralenties ; or, Queenie ne s'était pas rendu compte que les forces de Sister diminuaient. Lorsque le pendule s'était arrêté, ça avait été un déchirement. Queenie était repartie de l'enterrement en se demandant ce qu'elle allait désormais bien pouvoir faire de sa vie.

Et voilà que Malcolm aussi la quittait. Il avait vécu un moment chez elle, lui offrant un semblant de foyer. À présent qu'il habitait chez Miriam, il ne voyait sa mère que rarement. Chaque fois que Queenie sortait de chez elle, ses pieds paraissaient la guider automatiquement vers la maison de Miriam. Lors des rares occasions où elle y entrait, elle se tournait immanquablement vers l'escalier qu'elle avait si souvent gravi. La seule fois où elle s'était retrouvée à l'étage, elle n'avait pu s'empêcher d'aller à la porte de Sister. Celle-ci était fermée, et Miriam avait affirmé avoir perdu la clé.

Queenie resta donc seule dans la maison de James. Comme elle avait toujours pris ses repas soit chez Elinor, soit chez Sister, elle n'avait pas de cuisinière. Une fille venait lui faire le ménage trois fois par semaine, et une autre, la lessive tous les trois jours, mais elles n'étaient pas des Sapp et Queenie n'avait jamais été proche d'elles. Elinor l'invita à rester chez eux, mais Queenie refusa : quatre personnes sous un même toit, c'était déjà largement suffisant, prétexta-t-elle. Lucille et Grace offrirent de l'héberger de façon permanente à la ferme, mais Queenie déclina aussi leur invitation : elle n'avait jamais habité à la campagne et était maintenant trop vieille pour changer ses habitudes. Elle aurait emménagé chez Sister dans la minute si Miriam et Malcolm le lui avaient proposé, mais ils ne le firent pas. Queenie alla même jusqu'à suggérer l'idée à son fils, mais ce dernier répondit :

« Maman, j'ai déjà demandé à Miriam, parce que tu me manques, mais elle a dit non.

— Pourquoi ne veut-elle pas ?

— Elle dit que ta présence lui rappelle trop Sister. C'est pour ça qu'elle ne t'invite jamais. Miriam ne se confie pas beaucoup, mais je crois que Sister lui manque énormément. »

À cela, Queenie ne trouva rien à répondre.

Lorsqu'elle était chez elle, c'est-à-dire la majeure partie du temps, elle restait soit dans sa chambre, soit sous le porche, attendant qu'un membre de la famille passe pour qu'ils puissent se rendre ensemble quelque part ou au moins discuter quelques minutes.

Ses déplacements à travers la maison étaient limités :

elle n'utilisait que sa chambre, la salle de bains attenante et le porche. Elle avait établi de courts itinéraires, toujours les mêmes, à travers les autres pièces – elle n'avait pas d'autre choix que de passer par là pour aller et venir de la porte d'entrée ou de celle de service. C'était comme des chemins familiers qui sillonnent une forêt; on pouvait les parcourir trois ou quatre fois par jour avec sérénité, confiance et assurance, sans jamais s'aventurer dans les sombres et périlleux sous-bois qui bordaient le sentier tapissé d'aiguilles de pin. La cuisine était vide; Queenie s'était débarrassée de toute nourriture à cause de sa phobie des cafards. Les autres pièces de la maison étaient remplies des affaires de James et du mobilier qu'il tenait de sa mère, et étaient restées telles quelles depuis sa mort. Queenie n'avait jamais déplacé le moindre bibelot. À présent que les penderies d'Elinor et de Miriam étaient pleines, les chambres d'ami débordaient de cartons de vieux vêtements ayant appartenu aux Caskey. Queenie n'invitait jamais personne. Lorsqu'il lui arrivait de recevoir ses amies, elle le faisait chez Elinor. Elle ne s'était pas rendu compte que sa routine était devenue aussi rigide que celle de Sister. Comme elle n'était pas infirme et qu'elle pouvait aller où bon lui plaisait – quoiqu'elle n'aille jamais très loin – ses habitudes ne paraissaient pas aussi tenaces à un observateur extérieur, ou à elle-même.

La nuit, Queenie avait peur. Elle n'avait encore jamais dormi seule dans une maison, et celle de James lui semblait particulièrement isolée. Les pièces étaient sombres, remplies de bruits et de formes étranges. Un petit animal s'était glissé dans le grenier, où il passait la nuit à fureter. Le parquet craquait sous le poids des piles de cartons ; il n'était pas rare que la délicate vaisselle en porcelaine de James s'entrechoque dans les placards, comme déplacée par une main invisible. Une fois qu'elle s'était déshabillée, Queenie regardait par la fenêtre où elle ne voyait rien hormis la digue qui frémissait sous son linceul de vigne noire, et un coin de la bâtisse des DeBordenave désormais murée par des planches. Parfois, le vent soulevait du sable de la cour et le soufflait sur la maison, elle était alors réveillée par ce qui ressemblait à de minuscules gouttes de pluie.

Sister lui avait dit un jour : « Les vieilles femmes dorment mal. » N'en ayant jamais fait l'expérience, Queenie ne l'avait pas crue. Et voilà qu'elle aussi était frappée d'insomnie. Elle restait allongée de longues heures sans pouvoir fermer l'œil. Elle savait qu'elle avait dormi seulement parce qu'elle se réveillait le matin. Combien de temps avait-elle somnolé ? Elle était incapable de le dire.

Allongée raide dans son lit, l'oreille tendue, elle guettait le moindre bruit et le consignait dans une petite note mentale qui semblait s'allonger nuit après nuit. Parfois, c'était le sable crépitant contre les vitres qui la gênait le plus, d'autres fois, c'étaient les grincements du parquet ou bien encore, le cliquetis de la vaisselle. Queenie tremblait, et ne dormait pas.

Et puis, il y eut de nouveaux bruits. Quelque chose qu'elle n'avait encore jamais entendu semblait parfois secouer la maison. Les pendeloques en cristal du chandelier sur la table de la salle à manger se mettaient à carillonner, comme si quelqu'un s'était trouvé dans la pièce – pourtant fermée à clé –, à tourner en rond fébrilement quoique sans bruit autour de la table, la faisant vibrer de ses pas. Ou bien l'une des fenêtres qui donnaient sur la cour tremblait dans son montant, comme si quelqu'un arpentait furtivement le porche. Il lui arrivait aussi d'entendre tourner la poignée de la porte. Une nuit, elle pensa : « C'est le vent… » Quelques minutes plus tard, la poignée cliqueta, et elle pensa : « C'est sûrement le changement de température. »

Soudain, elle entendit un bruit de pas sous le porche, d'abord étouffé et ténu, puis plus lourd – comme une moquerie, comme pour dire : « Alors, comment tu expliques ça, Queenie Strickland ? »

Vite, elle décrocha le téléphone, mais dès qu'elle souleva le combiné, les pas cessèrent.

Les pas revinrent la nuit suivante. Mais de nouveau, lorsqu'elle décrocha le téléphone, ils cessèrent. Seulement cette fois, dès que Queenie eut reposé le combiné, la poignée de la porte se mit à tourner avec fureur. Il y eut de violents coups de pied contre le battant, encore et encore, et les pas reprirent, un bruit de bottes parcourant le porche d'une foulée bruyante et coléreuse. Le vacarme était tel qu'il secouait la maison, faisant trembler les vitres des fenêtres. Le chandelier vibrait. La vaisselle tintait. Les cartons entreposés dans les chambres glissaient de leurs piles. Dans le grenier, le petit animal courait frénétiquement en tous sens.

Tout aussi soudainement, le tapage se tut. Il y eut un dernier crissement de poignée, puis l'écho de ce crissement, et le silence retomba. Queenie se recroquevilla dans son lit, à l'affût du bruit de bottes. Rien ne vint.

Les yeux toujours fixés dans le noir, elle tendit lentement la main vers le téléphone. Alors qu'elle s'apprêtait à décrocher, une douce lueur blanche filtra sous la porte fermée de sa chambre, comme si on avait éclairé le salon. La lueur s'intensifia – on aurait dit que le lustre de la salle à manger s'était allumé lui aussi. Lorsque la lumière brilla plus fort, Queenie crut que le couloir venait d'être éclairé à son tour.

Sous la porte, la lumière était désormais aveuglante.

Pourtant, tout demeurait silencieux.

Sans réfléchir, elle se leva du lit et ouvrit la porte de sa chambre. Elle dut plisser les yeux tant la lumière était vive. Toutes les lampes de la maison brillaient. Elle se dirigea vers l'interrupteur du couloir pour le basculer en position éteinte, mais il l'était déjà. Elle le releva néanmoins, mais le plafonnier au-dessus de sa tête continua à luire. Elle alla ensuite dans le salon. Là aussi, toutes les lampes étaient allumées, y compris le lustre. Queenie essaya l'interrupteur de la lampe la plus proche – en vain. Prise de frénésie, elle se précipita sur toutes les lampes de la pièce et essaya de les éteindre. Elle en débrancha même une. Aucune ampoule ne s'éteignit.

Queenie traversa le couloir et courut dans la cuisine. Là encore, tout était allumé, y compris les ampoules des réserves et les lampes de poche dans les tiroirs. Pareil dans la salle de bains, dans les chambres et leurs placards, les armoires à linge, sous le porche arrière, dans la salle à manger, au-dessus du portrait de Grace et Genevieve, et derrière la porte fermée du four. Même le poste de télévision brillait d'une aveuglante lumière blanchâtre, mais sans image.

L'éclat semblait encore redoubler d'intensité. Chacun des milliers d'objets de la maison, éclairé depuis une dizaine de directions à la fois, projetait sur les murs une fantasmagorie d'ombres claires. La lumière battait autour de Queenie et était aussi suffocante que si celle-ci avait été enveloppée dans du coton. Cette lumière éblouissante, si blanche, si vive, semblait jaillir de partout.

Pourtant, tout restait silencieux.

Debout sur le seuil de la salle à manger, à l'endroit même où James Caskey était mort, Queenie regardait autour d'elle, paralysée. La lumière lui brûlait les yeux.

Et toujours, l'éclat s'intensifiait.

Dans le salon, il y eut une petite explosion de verre. Queenie se tourna instantanément vers le bruit.

Puis il y eut une autre explosion, un peu plus faible, derrière elle, suivie d'une troisième. Elle pivota à nouveau et vit que les ampoules en forme de flammes du lustre, qui brillaient avec une force qu'elle ne leur avait encore jamais vue, explosaient une par une dans une pluie de minuscules gouttes de verre. L'ampoule au-dessus du tableau de Grace et Genevieve éclata dans une sorte de grésillement mouillé, et des coulées de verre fondu se déversèrent sur les visages peints de sa sœur et de sa nièce.

D'autres explosions se firent entendre aux extrémités du couloir, dans le salon d'un côté et la cuisine de l'autre. Pendant un instant, la télévision brilla avec l'éclat du soleil, avant de soudain virer au noir avec la même intensité et d'imploser dans un fracas sonore.

Queenie courut se réfugier dans sa chambre. Le halo du plafonnier dans le couloir se fit plus vif à mesure qu'elle s'en approchait. Il se mit à vrombir, et Queenie eut à peine le temps d'entrer dans sa chambre que l'ampoule explosa, des fragments de verre et de métal vinrent se planter dans la porte à peine refermée.

À l'intérieur, il faisait nuit. Elle s'adossa au battant afin d'habituer ses yeux à l'obscurité. Elle écouta les dernières ampoules voler en éclats – les explosions étaient moins violentes, plus espacées, mais encore audibles. Chaque fois qu'elle regardait à ses pieds, la lumière sous la porte semblait diminuer d'intensité.

Au bout d'un moment, les explosions cessèrent. Aucune lumière ne filtrait plus depuis le couloir.

Ne sachant quoi faire d'autre, Queenie s'avança vers son lit.

« Un orage magnétique », se dit-elle.

Elle alla à la fenêtre et scruta l'extérieur, dans l'espoir que des nuages viennent confirmer son hypothèse. Elle ne vit que des étoiles briller.

La fenêtre était ouverte et la nuit était calme, aussi entendit-elle distinctement le bruit des pas – des pas lourds chaussés de bottes qui traversaient la cour sableuse des Caskey.

Elle remonta la moustiquaire et sortit la tête.

À la lueur de la lune, elle distingua la silhouette d'un homme qui marchait vers la digue.

Il n'eut pas besoin de se retourner pour que Queenie puisse l'identifier. Elle connaissait cette foulée et ces bottes – des bottes qu'elle avait achetées elle-même.

C'était Carl Strickland, son mari, mort depuis trente ans, noyé dans les eaux noires de la Perdido.

LES ENFANTS CASKEY

« Bon sang maman ! s'exclama Malcolm, stupéfait. Qu'est-ce que tu as fait là-dedans hier soir ? Tu t'es énervée contre quelqu'un ou contre quelque chose ? »

À l'exception de celles dans la chambre de Queenie, on aurait dit que toutes les lampes de la maison avaient été fracassées au marteau : les fixations étaient réduites en morceaux, fondues ou complètement tordues et hors d'usage.

Queenie, qui suivait Malcolm de si près qu'il manquait de lui rentrer dedans chaque fois qu'il se retournait, se justifia vaguement :

« Il y a eu une espèce d'orage magnétique dans la nuit. Vous ne l'avez pas entendu, Miriam et toi ?

— On n'a rien entendu, maman. Tu sais combien de temps il va me falloir pour nettoyer ce bazar ? Je vais devoir refaire toute l'électricité de la maison ! De toute façon, elle ne devait même pas être aux normes...

— Voilà, c'est exactement ça, dit précipitamment Queenie, rejetant promptement la faute sur un court-circuit, soulagée d'écarter le prétexte fantaisiste de l'orage. Un court-circuit. Dieu merci, je n'ai pas brûlé avec la maison !

— Tu devrais peut-être aller habiter chez Lucille et Grace quelques jours, le temps que je répare ça. »

Queenie approuva vivement l'idée. Et tandis que Malcolm, encore troublé, se mettait au travail, elle se rendit à la ferme de Gavin Pond.

« Surprise ! cria-t-elle à Lucille en s'extirpant de l'auto.

— Maman, tu aurais dû prévenir ! Luvadia aurait préparé un repas spécial.

— Je ne voulais pas appeler, dit Queenie en serrant sa fille dans ses bras. J'avais peur que tu refuses que je vienne.

— Pourquoi est-ce que j'aurais refusé ?

— Parce que je compte rester un moment.

— Il était temps ! Grace et moi, on n'a pas arrêté de t'inviter.

— Pas pour toujours, bien sûr, mais quelques jours. Toute l'installation électrique de la maison a sauté hier soir, et Malcolm m'a dit de venir ici le temps qu'il la répare.

— Maman, on va s'amuser comme des folles ! », s'écria Lucille en prenant sa mère par la taille – du moins, aussi loin que son bras le lui permettait – pour la guider doucement vers la maison.

Queenie ne s'amusa pas. Elle était nostalgique de sa vie à Perdido, aussi routinière que celle-ci ait pu être. Il lui manquait de voir, même fugacement, Malcolm et Miriam, et de déjeuner chez Elinor. Lorsqu'elle y vivait, Perdido lui paraissait ennuyeuse ;

comparée à Gavin Pond, c'était le centre du monde. Queenie se sentait particulièrement seule à la ferme, car Grace et Lucille étaient occupées toute la journée par les travaux agricoles : le jardin de camélias, les vergers, le bétail, les cochons et les chevaux. De façon étrange également, il paraissait faire plus chaud à la campagne qu'en ville, si bien que Queenie passait ses matinées dans la cuisine climatisée à regarder des jeux télévisés avec Luvadia. Quand Tommy Lee rentrait à la maison en milieu d'après-midi, il lui tenait compagnie. Un jour, le jeune garçon sortit le fusil qu'Elinor lui avait offert le Noël précédent et se mit à le nettoyer, expliquant à Queenie comment on l'assemblait et comment s'en servir.

« Tu me rappelles le père de Lucille, dit-elle avec un déplaisir évident. Sauf que c'était l'homme le plus cruel à avoir jamais foulé cette terre, et je ne crois pas que tu sois comme ça.

— Non, je ne crois pas », répondit-il.

À quinze ans, c'était un garçon silencieux et timide, même avec sa grand-mère. Il était relégué à la périphérie de l'empire Caskey. Il n'avait pas leur ambition, leur intelligence ou leur esprit. Bien que costaud, il ne s'adonnait à aucun sport, pour la seule raison que ça aurait mis un frein aux loisirs qu'il pratiquait à la maison. Il chérissait ces quelques heures de liberté après l'école, qui lui permettaient de pêcher dans l'étang, de faire un plongeon dans la piscine, d'abattre un faisan ou deux dans les bois, ou de faire un tour à cheval dans le verger de pacaniers en compagnie de Grace. Même s'il était apprécié dans son lycée à Babylon, il avait peu d'amis. Il était entièrement dévoué à sa mère et à Grace. Ce n'est qu'avec elles qu'il était parfaitement à son aise. Le seul ami de son âge était Sammy Sapp, le fils de Luvadia, mais ce dernier passait tellement de temps comme caddie avec Oscar qu'ils ne se voyaient presque plus. Tommy Lee était taciturne et un peu empoté, et Lucille comme Grace l'aimaient à en mourir.

Jusqu'à ce moment, Queenie n'avait jamais vraiment prêté attention à son petit-fils. Il était bien trop calme à son goût. Peut-être que s'il avait été mal élevé, elle l'aurait davantage remarqué. N'ayant jamais rien fait qui éveille sa curiosité, elle l'avait pour ainsi dire un peu oublié.

Lors de ce séjour à la ferme, elle passa plus de temps avec lui qu'elle ne l'avait jamais fait jusque-là. Les vacances d'été commencèrent au début de la deuxième semaine de Queenie à Gavin Pond, si bien que Tommy Lee resta toute la journée à la maison. Le jeune garçon venait d'obtenir son permis d'apprenti conducteur. Lucille et Grace étant occupées comme à leur habitude, Queenie proposa de lui donner des leçons de conduite. Tous les jours, ils passaient plusieurs heures dans le vieux pick-up à cahoter à travers la propriété ; pas une seule fois, tandis qu'elle lui délivrait de prudentes consignes, Queenie ne soupçonna que le garçon conduisait depuis ses dix ans.

La maison de Queenie avait subi tant de dégradations qu'il fallut deux semaines entières pour tout remettre en ordre. Cela aurait pu être plus rapide si Malcolm s'était contenté de faire le travail, mais il avait insisté pour le faire à la perfection. Elinor et Miriam vinrent constater les dégâts.

« Ce n'est pas un orage magnétique qui a causé ça, déclara fermement Miriam. Et ce n'est pas non plus la faute d'une installation électrique défectueuse, Malcolm. »

Elinor ne dit rien, mais aida Malcolm à choisir de nouvelles lampes à Pensacola.

Le premier juin, Malcolm appela enfin sa mère pour l'informer qu'elle pouvait rentrer. Il avait entièrement refait l'électricité de la demeure. Il promit en outre que si une seule ampoule grillait dans les trois prochains mois, il s'assiérait à table et la mangerait devant témoins.

Mais Queenie ne rentra pas chez elle ce soir-là, ni le suivant. Quoique perplexes, Grace et Lucille s'en réjouirent. Pourtant, malgré le plaisir que Queenie prenait à donner des leçons de conduite à Tommy Lee, Perdido lui manquait cruellement. Vivre à la campagne la fatiguait.

« Maman, tu es devenue l'ombre de toi-même, dit Lucille un soir après le dîner. On a très envie que tu restes ici avec nous, mais j'ai l'impression que tu ferais mieux de rentrer chez toi maintenant que ta maison est de nouveau habitable.

— J'y ai pensé, répondit Queenie, mal à l'aise.

— Et ? », demanda Grace.

Queenie se tamponna la bouche de sa serviette et tendit la main pour se resservir des pois.

« Je n'ai pas envie d'y retourner… parce que j'ai peur, dit-elle, prenant son courage à deux mains.

— Peur de quoi ?! fit Tommy Lee, surpris.

— Je suis vieille, poursuivit Queenie en versant les pois dans son assiette. Et je n'ai jamais vécu seule. Cette vieille maison… elle est remplie de trop de souvenirs. Trop de personnes y ont vécu. Trop de personnes y sont mortes. Je ne crois pas que je puisse continuer à y habiter seule.

— Queenie, dit précipitamment Grace, tu sais que tu es toujours la bienvenue ici. Mais je ne pense pas que tu serais heureuse à la campagne. »

Queenie secoua la tête.

« L'agitation de la ville me manque, admit-elle. Mais Miriam ne veut pas de moi chez elle, Elinor n'a plus de place, et moi, je suis trop âgée pour m'installer ailleurs. En plus, James m'a légué cette maison. Il m'a laissé tout ce qu'il y avait dedans, ses objets, les jolies babioles qu'il aimait tant. Alors je lui dois… je dois *tout* à ton père, Grace. Donc, je lui dois de rester là-bas et de veiller sur ses affaires. Je ne me pardonnerais jamais de ne pas y retourner… sauf que je suis morte de peur.

— Je ne comprends pas, dit Tommy Lee. Qu'est-ce qui te fait aussi peur ?

— J'entends des choses… souffla Queenie avec un sourire douloureux. Je vois des lumières, Tommy Lee. Je sais, tu dois penser que je ne suis qu'une vieille folle, à entendre et à voir des choses qui n'existent pas. Je sais qu'elles n'existent pas. Que ce n'est que le fruit de mon imagination. Mais il n'empêche que je les entends quand même, et que je les vois quand même. Juste avant mon arrivée ici, tu sais ce que j'ai vu par la fenêtre au beau milieu de la nuit ?

— Quoi ? demanda le garçon.

— Lucille... dit Queenie en ignorant le garçon et se tournant vers sa fille. J'ai vu ton père. Il s'est planté sous le porche et a essayé d'entrer dans la maison. J'ai entendu ses bottes. Il a essayé d'ouvrir la fenêtre, mais j'avais mis le loquet. Il a voulu ouvrir la porte, mais je l'avais fermée à clé. Quand il s'est rendu compte qu'il ne pouvait pas entrer, il s'est mis dans une colère noire et a fait s'allumer toutes les lumières de la maison avant de briser les ampoules et les lampes. Ce n'était pas à cause d'un orage magnétique. L'électricité fonctionne parfaitement dans cette maison. *C'est Carl Strickland qui a fait ça.* Il est fou de rage à cause des pièces d'Ivey que j'ai jetées dans la rivière après sa noyade. Ces pièces l'ont empêché de remonter à la surface.

— Maman, dit Lucille d'une voix douce. Papa est mort. Ça fait trente ans qu'il est mort.

— Je sais. Mais tu ne crois pas que je le reconnaîtrais si je l'entendais faire les cent pas ? Tu ne crois pas que je le reconnaîtrais si je le voyais ? Il était là, il a fait demi-tour et est parti vers la digue. Il est retourné dans la Perdido. Les pièces l'ont gardé sous l'eau, je le sais. Oh Seigneur ! Comme j'aimerais les avoir encore ! J'aurais dû les garder dans ma poche ! Si je vais chez moi, je sais qu'il va revenir la nuit. Quand j'ai entendu la vaisselle dans les placards, j'ai tout de suite su que c'était Carl, assis sur une chaise à bascule sous le porche. Lucille, tu te rappelles comme il avait l'habitude de s'y asseoir la nuit et de se balancer ? Et puis il se lève et arpente le porche en long et en large, il cherche un moyen d'entrer dans la maison. Comment je pourrais retourner là-bas ? »

Lucille et Grace ne dirent rien.

« Grand-mère ? demanda Tommy Lee.

— Oui ?

— Et si je venais avec toi ? »

Queenie prit le temps de réfléchir.

« Je me sentirais en sécurité, dit-elle au bout d'un moment. Carl n'est jamais venu quand Malcolm était à la maison. Il a attendu que Malcolm se marie et qu'il s'installe chez Miriam.

— Dans ce cas, je vais venir avec toi. On peut partir ce soir. Je vais te raccompagner en voiture. »

Queenie déclina sa proposition.

« Mais demain tu reviendras ici. Carl va attendre que tu t'en ailles. Ça ne servira à rien.

— Et si je reste ?

— Si tu restes ? », répéta Grace.

Tommy Lee acquiesça.

Queenie sourit, puis elle tendit le bras et serra la main de son petit-fils.

« C'est adorable de ta part, mais je sais combien tu aimes cette vieille ferme ennuyeuse. »

Le garçon haussa les épaules.

« Si maman et Grace me donnent l'autorisation de partir, je resterai avec toi jusqu'à ce que tu te sentes à nouveau en sécurité.

— Comment tu vas chasser ? demanda Grace.

—Il y a des bois juste derrière la maison d'Elinor. Malcolm m'y a emmené une fois.

—Et la pêche ? poursuivit sa mère.

—Il y a la Perdido. On peut difficilement faire plus proche.

—Tu vas nous quitter ?! fit Lucille, secouant la tête d'incrédulité.

—Grand-mère a besoin de moi.

—Certainement ! s'exclama Queenie. Est-ce que vous seriez prêtes à me confier Tommy Lee pour un temps ? »

Grace poussa un soupir.

« Il est assez grand pour faire ce qu'il veut. »

Lucille parut d'accord.

« Tu nous le renverras s'il te cause des soucis ?

—Ce garçon ?! s'écria Queenie. À qui donnerait-il des soucis ?

—Il n'est pas à toi, insista Grace. On ne te le donne pas comme tu as donné Danjo.

—J'ai compris, dit Queenie. Je veux juste vous l'emprunter un moment. Quand je me serai bien servie de lui, je vous le rendrai !

—On y compte bien, dit Grace d'un ton sévère. Qu'est-ce qui va se passer à la rentrée ?

—Seigneur, s'exclama Queenie, les vacances d'été viennent à peine de commencer. Ne parle pas déjà de septembre ! »

Queenie rentra donc à Perdido avec Tommy Lee. Les Caskey – comme le reste de la ville – se demandèrent ce qu'elle avait fait, dit ou alors donné pour ravir ainsi le garçon à sa ferme. Ils se demandèrent également pourquoi elle l'avait pris avec elle alors qu'elle s'était si peu intéressée à lui auparavant.

Comme pour se faire pardonner sa négligence passée, Queenie consacra son été à gâter et choyer son petit-fils. Elle lui acheta trois fusils de chasse et le conduisit à Destin, où elle lui fit choisir le meilleur équipement de pêche de la boutique. Elle lui offrit une paire de bottes pour ses balades en forêt et un canot pour naviguer sur la Perdido. Elle débarrassa la chambre à côté de la sienne de ses piles de cartons et y fit installer le lit le plus large et le plus confortable qu'elle pût trouver. Elle recruta une cuisinière uniquement pour préparer les petits déjeuners du garçon. La plupart des adolescents de quinze ans auraient profité, voire abusé, d'une telle attention, mais Tommy Lee l'accepta avec une étonnante tranquillité. La journée, il chassait et pêchait, et le soir, il restait avec Queenie devant la télévision ou l'accompagnait au *Starlite*, le drive-in. Assise dans l'auto, Queenie passait son temps à chasser les moustiques et à régler le volume des enceintes tandis que Tommy Lee, installé sur le capot, la tête sur un coussin posé contre le pare-brise, contemplait le ciel nocturne de l'été autant que les images sur l'écran.

Queenie demandait souvent à son petit-fils s'il ne s'ennuyait pas trop avec elle et s'il ne préférerait pas sortir avec ses amis plutôt qu'être enchaîné à une vieille femme un peu fatigante. Avec un haussement d'épaules, Tommy Lee répondait qu'il n'avait pas d'amis et qu'il n'en avait jamais vraiment marre d'elle, sauf quand elle posait trop de questions.

Mais c'était la nuit, après les dernières informations ou la séance au *Starlite*, que le garçon montrait sa vraie valeur aux yeux de sa grand-mère. En effet, il laissait la porte de sa chambre ouverte, si bien qu'à n'importe quelle heure de la nuit, Queenie pouvait se lever, faire quelques pas dans le couloir et le voir endormi là. Elle ne se gênait d'ailleurs pas pour le faire. Ainsi qu'elle l'avait prédit, la présence de Tommy Lee maintenait Carl à distance.

L'été passa vite pour Queenie et son petit-fils. Bientôt, il fut temps pour lui de reprendre les cours. Lorsque Grace et Lucille se mirent à évoquer son retour à la ferme, Queenie objecta que le système scolaire de Perdido était supérieur à celui de Babylon.

« C'est à Tommy Lee de décider », finit par céder Grace lorsqu'il fut évident que la discussion piétinait.

Tommy Lee prit la décision de rester avec sa grand-mère, si bien qu'on l'inscrivit au lycée de Perdido. Au cours de l'automne 1959 puis de l'hiver, et du printemps 1960, il passa cinq jours par semaine à Perdido et le week-end à la ferme de Gavin Pond. Toutes les nuits, il dormait dans la chambre voisine de celle de Queenie. Carl Strickland restait à l'écart.

Ces récents développements ne passèrent pas inaperçus à Perdido : on abandonnait une nouvelle fois un rejeton Caskey. Dans toute l'histoire de la famille, Frances était la seule enfant à être restée auprès de ses parents. Mais Frances était morte. Lilah, bien que vivant avec son père, n'appartenait pas tant à lui qu'à Elinor. Suite à la noyade de sa mère, elle était devenue la fille de sa grand-mère, et Billy, une sorte d'oncle. Il ne participait pas vraiment à son éducation. Elinor donnait les permissions, Elinor fixait les interdictions, Elinor dictait ce qu'il fallait faire ou ne pas faire, Elinor achetait les vêtements et payait pour les loisirs. Billy regardait sa fille grandir avec affection et intérêt, mais sans l'amour ou l'engagement d'un père.

Perdido espérait que Miriam Caskey Strickland donnerait naissance à un enfant – à presque quarante ans, il lui restait peu de temps pour concevoir –, mais uniquement afin de pouvoir parier sur qui le récupérerait. De tous les membres de la famille, Miriam était celle qui risquait le moins de s'accrocher à un enfant si quelqu'un lui faisait une offre pour en avoir la garde. La rumeur la plus répandue voulait que si c'était une fille, elle l'échangerait contre des diamants, et si c'était un garçon, contre des actions dans une compagnie pétrolière.

Peut-être est-ce ce que Miriam aurait fait, si elle avait eu un enfant. Mais ce ne fut pas le cas, bien que Malcolm et elle s'y soient attelés avec l'application qu'elle mettait en toutes choses. Malcolm avait été le premier surpris par le changement d'avis de son épouse sur la question, au point de l'interroger :

« Tu n'as pas toujours voulu d'un bébé, tu te rappelles ? Tu disais même que tu ferais un pique-aiguilles avec sa tête.

— Les couples mariés ont des bébés, répondit Miriam avec une certaine gêne. Donc, j'ai changé d'avis, c'est tout. Puisque je me suis enquiquinée à me marier avec toi, et, Malcolm, aucun homme n'a jamais été aussi enquiquinant que toi, je ferais aussi bien d'aller au bout et de faire ça aussi. »

Pourtant, aucun bébé ne naquit. Et il sembla bientôt qu'aucun bébé ne naîtrait.

Et ça irritait Miriam. Elle n'aimait pas être contrariée ; que la résistance vienne de son propre corps était une double insulte. Malcolm tenta d'alléger la déception de sa femme en remarquant qu'un enfant les aurait encombrés plus qu'autre chose. La grossesse elle-même aurait nui à son activité professionnelle. Un bébé requérait du temps et une attention que Miriam aurait sans doute préféré mettre au profit de la scierie et des activités pétrolières.

Ce discours ne la consola pas.

« Même enceinte, je pourrais continuer à aller travailler, dit-elle. Et quand j'en serais incapable, je pourrais vous dire quoi faire, à toi et Billy. Une fois le bébé né, j'engagerais quelqu'un pour s'en occuper. »

Tous les frères de Zaddie et Ivey s'étaient mariés depuis longtemps, aussi y avait-il désormais une troisième génération de filles Sapp prêtes à être embauchées par les Caskey.

« Dans le cas où éventuellement ça ne marcherait pas, je pourrais toujours l'envoyer à Gavin Pond ou chez Elinor. Elles sauteraient sur l'occasion de récupérer un autre marmot. Après tout, il n'y a pas eu de nouvelle naissance depuis celle de Lilah. »

Mais Miriam ne tombait toujours pas enceinte. En fin de compte, Malcolm ainsi que son propre corps la convainquirent qu'elle n'enfanterait jamais. Son désir d'enfant ne faiblit pas pour autant. Elle regarda d'un côté, et vit Tommy Lee, que Queenie avait volé à Lucille et Grace. Elle regarda de l'autre côté, et vit Lilah Bronze, prête à être cueillie.

À treize ans, la fillette était en quatrième et ressemblait de manière frappante à Miriam : d'une beauté naturelle, fière de son statut social, amoureuse des pierres précieuses et des choses matérielles, et légèrement condescendante envers les personnes de son âge. En bref, Lilah paraissait avoir été conçue à l'image de sa tante. Toutes les deux étaient déjà liées grâce à la collection de bijoux de Miriam, que la fillette convoitait avec passion.

Miriam ne voyait aucune raison pour laquelle Lilah ne lui appartiendrait pas. Si on se fiait aux dires de Malcolm, c'était même préférable au fait d'enfanter elle-même ; elle n'aurait ni à s'inquiéter d'une grossesse ni à subir les pleurs d'un nourrisson. En outre, elle n'aurait pas à supporter une personnalité qu'elle n'apprécierait pas. Après tout, elle aurait très bien pu accoucher d'un bébé qui ressemble à Malcolm – ou pire, à Frances. Ce n'est pas parce qu'une femme porte un enfant dans son ventre qu'elle est forcée de ressentir une quelconque sympathie pour lui.

Mais il y avait Lilah à portée de main et, aux yeux de Miriam, Lilah était la fille idéale.

Une fois arrivée à cette conclusion, et sans même se concerter avec Malcolm, elle s'appliqua aussitôt à tenter d'enlever la fillette à son père et à sa grand-mère.

La famille passa les fêtes de Noël 1960 à Gavin Pond afin de célébrer la nouvelle façade de la maison, un travail de rénovation qui effaçait les derniers vestiges du modeste corps de ferme d'origine. La bâtisse était désormais dotée de larges fenêtres et d'un vaste porche à colonnes doté d'un sol en briques. La double porte était surmontée d'un fronton triangulaire. Presque tous les ans, Grace faisait réaliser des travaux chez elles, et lorsque Lucille avait fini de meubler et décorer les nouvelles pièces, elle planifiait déjà la prochaine extension.

À présent, le vaste salon était entièrement occupé par un sapin de Noël et des cadeaux, si bien que les Caskey durent s'asseoir sur des chaises dans le couloir et la salle à manger afin de les déballer. La plupart des membres de la famille s'offraient environ cinq présents chacun, même si Elinor avait dû acheter et envelopper ceux qu'Oscar lui destinait.

Or, l'unique cadeau que Miriam offrit à Lilah était une petite boîte dissimulée à l'arrière du sapin, qu'elle sortit en dernier. La fillette, qui n'attendait rien de particulier de la part de sa tante, connue pour faire des cadeaux qui rataient toujours leur cible, fut sidérée d'y trouver une broche en diamants encerclant un rubis d'au moins deux carats.

« C'est un vrai ?! s'exclama Lilah, brandissant le bijou afin que tous puissent l'admirer. Miriam!

s'écria-t-elle, relisant l'étiquette afin de s'assurer que le cadeau venait bien de sa tante. C'est un vrai ?

— Tout ce qu'il y a de plus vrai, confirma celle-ci.

— Ça a dû te coûter une fortune ! s'exclama Queenie. À moins que ça ne soit un des tiens ?

— Je l'ai acheté le mois dernier à New York, spécialement pour Lilah.

— Tu es trop jeune pour porter un bijou pareil, intervint Elinor.

— Mais il est à moi, protesta Lilah, fermant les mains sur la broche et les pressant avec ardeur contre sa poitrine.

— Ouvre-toi un coffre à la banque, suggéra Miriam. À ton âge, j'en avais déjà deux. Tu as encore du chemin à faire avant de me rattraper.

— Pas question que je dépense pour des bijoux que cette enfant ne portera jamais », dit Elinor.

Miriam éclata de rire.

« Tu n'arriveras pas à me blesser, Elinor. Tu ne m'empêcheras pas non plus d'acheter des bijoux à Lilah si j'en ai envie.

— C'est vrai, répondit Elinor. Libre à toi de gaspiller ton argent. »

Plus tard, à table, Lilah demanda à s'asseoir à côté de sa tante.

« Pourquoi tu m'as offert ça ? fit-elle en tenant encore la broche contre son cœur. Je l'adore. »

Miriam répondit d'une voix forte destinée à être entendue par toute la tablée.

« Je te l'ai offerte parce que j'aimerais que tu viennes vivre avec Malcolm et moi. »

Lilah en resta bouche bée. Elle tourna la tête et regarda non pas son père, mais sa grand-mère, assise en tête de table. Grace et Lucille avaient obligeamment cédé leurs places habituelles à Oscar et Elinor, les chefs de famille.

Elinor garda le silence.

« Ferme la bouche, Lilah, dit sèchement Grace. Tu vas gober une mouche. »

La fillette ferma la bouche.

« Malcolm et moi nous sentons seuls, dit Miriam. Pas vrai, Malcolm ?

— Ça, c'est sûr, répondit son obéissant époux, depuis un coin oublié de la longue table.

— Elinor, ça fait treize ans que tu as Lilah. Tu pourrais me la laisser pour un temps.

— Lilah appartient à Billy, remarqua Oscar depuis l'autre extrémité de la table.

— Lilah fait ce qu'elle veut, soupira Billy, s'excluant de la discussion. Ou plutôt, ce qu'Elinor veut.

— Lilah, qu'est-ce que tu préfères ? demanda Queenie.

— Je ne sais pas, dit celle-ci, pensive. Ce serait juste pour aller dans la maison à côté, pas vrai ? »

Personne ne se donna la peine de répondre.

« Lilah ? », fit sa grand-mère. Rien dans le ton d'Elinor ne fournissait d'indice quant à la réponse qu'elle voulait entendre de la part de sa petite-fille.

« Peut-être que je pourrais rester là-bas quelques semaines… jusqu'aux vacances de printemps, par exemple. Comme ça, Miriam et Malcolm se sentiraient moins seuls. Et puis je reviendrai à la maison. »

Les Caskey se dévisagèrent, sachant parfaitement ce qui se jouait. Elinor avait permis à Lilah d'avoir son mot à dire, et la fillette avait proclamé elle-même sa sentence. Les enfants Caskey, une fois cédés, n'étaient jamais rendus. En un instant d'insouciance, Lilah Bronze venait de perdre sa grand-mère pour toujours.

Miriam sourit et serra la main de sa nièce.

« Juste quelques semaines, dit-elle. Puis je te laisserai repartir. Elinor ne va quand même pas louer ta chambre. »

Le sujet était clos. Lilah, qui se sentait très maligne, n'avait rien compris du tout. Si l'on excepte la joie de la fillette à la perspective d'avoir plus de bijoux, l'événement s'avéra non pas grave, mais solennel. Quelque chose d'inédit et d'imprévu venait d'avoir lieu, et tous – en dehors de Lilah, qui en serait la plus affectée – le savaient. Luvadia et Melva continuèrent de distribuer des petits pains et de débarrasser les assiettes, et la conversation enchaîna sur de nouveaux puits de pétrole à creuser et des voyages d'affaires à Houston et New York. Oscar envoya ensuite Sammy allumer le moteur de l'auto afin qu'il soit chaud lorsqu'ils partiraient pour le terrain de golf de Brewton. Or, chacun n'avait qu'une chose à l'esprit : la façon dont, en un battement de cils de Miriam, Lilah venait d'être ravie, plus vite et plus sûrement que si une bande de gitans avaient glissé la main par la fenêtre pour l'arracher endormie à son berceau.

Oscar n'attendit pas que le café soit servi. Accompagné de Sammy et de Tommy Lee, il s'en fut à Brewton. Lucille et Queenie aidèrent Luvadia et Zaddie à ranger le bazar de papiers cadeaux qui traînait dans le couloir. Grace et Billy commencèrent à charger les présents dans les voitures. Elinor resta à table, son café devant elle. Miriam en était à sa troisième tasse. Elle avait passé son bras autour des épaules de Lilah, assise à ses côtés l'air heureux et fatigué.

« Tu n'as pas lutté, dit Miriam à Elinor.

— Lutté contre quoi ? demanda Lilah.

— Chut... », fit sa tante à son intention.

Elinor fit lentement non de la tête.

« Pourquoi ? demanda Miriam par curiosité. Tu aurais pu te battre. Tu aurais peut-être même gagné. »

Elinor marqua une longue pause avant de répondre. Elle avait les bras croisés sur la poitrine, l'une de ses mains jouait avec le collier de perles noires à son cou.

« Quand je t'ai donné l'alliance de Mary-Love...

— Oui ? fit Miriam en levant la main qui portait la bague.

— Ce n'était pas suffisant, n'est-ce pas ?

— Non, ça ne l'était pas.

— Pas suffisant pour quoi ? demanda Lilah.

— Tais-toi, lui intima Miriam dans un chuchotement grave tout en lui pinçant le bras.

— Mais maintenant, poursuivit Elinor, on est quittes.

— Oui, je suppose qu'on est quittes. Tu te rends compte, maman ? Il aura fallu trente-neuf ans pour que je te pardonne. »

Elinor ne dit rien, se contentant de siroter son café.

Pour la première fois de sa vie, Miriam venait de l'appeler « maman ».

LA CHANSON DE LA BERGÈRE

Ce même jour de Noël, Lilah s'installa dans l'une des chambres d'amis de Miriam « pour quelques semaines seulement ». De toute la famille comme de la plupart des habitants de Perdido, elle était la seule à croire qu'elle retournerait un jour auprès de sa grand-mère et de son père.

Au bout de ces quelques semaines, Lilah annonça à Elinor :

« Miriam et Malcolm disent qu'ils ne peuvent pas se passer de moi. Est-ce que je peux rester un peu plus longtemps ?

— Je vais t'envoyer le reste de tes affaires. »

Les vêtements de Lilah furent apportés chez Miriam, et bientôt il ne fut plus question de rentrer à la maison – y compris dans l'esprit de la fillette. Désormais, elle appartenait à Miriam et Malcolm, et même si les Caskey dînaient chaque soir chez Elinor et que Lilah voyait son père aussi souvent que par le passé, elle n'était plus la même. Paradoxalement, la manière qu'avait Miriam de gâter sa nièce était de la négliger. Elinor s'était toujours montrée stricte avec sa petite-fille, qui était franche et précoce pour son âge, consciente de ses prérogatives en tant que Caskey et en tant que jeune fille – elle savait qu'elle était l'enfant la plus riche du comté et avait tendance à être impérieuse avec les domestiques. Elinor avait tempéré ces travers. Miriam n'avait même pas essayé. Elle avait confiance en Lilah comme en elle-même. Ce que Lilah voulait était ce dont elle avait besoin ; ce qu'elle faisait était précisément ce que requérait la situation. En bref, la fillette devint rapidement insupportable. Or, Miriam ne s'apercevait de rien, ou peut-être choisissait-elle de ne rien voir. Elle la chérissait malgré son arrogance, et peut-être l'aimait-elle davantage à mesure que l'enfant devenait plus détestable avec les autres.

Oscar voyait tout ceci et s'en plaignait à sa femme et à son gendre. Selon lui, Elinor et Billy devaient intervenir avant que la petite fille ne soit irrémédiablement perdue. Mais ces derniers laissaient faire. Lilah était désormais à Miriam, c'était à elle de l'élever comme elle l'entendait.

« Ce n'est plus mon problème, dit Billy. Ça aurait pu l'être si Lilah vivait encore avec moi, mais ce n'est plus le cas.

— Oscar, ajouta Elinor, Miriam traite Lilah exactement de la même façon que Mary-Love la traitait, elle. Lilah deviendra la copie conforme de sa tante. Tout le monde en ville le sait. Ça aurait sans doute fini par arriver. Il n'y a rien que je puisse faire, et même si j'y pouvais quelque chose, je ne le ferais probablement pas. »

Si le comportement de Lilah s'était détérioré à la suite de son déménagement, Miriam, contre toute attente, ne s'en portait que mieux. Désormais, elle avait quelqu'un dont s'occuper. Malcolm ne comptait pas, car elle l'avait déjà modelé à sa guise depuis longtemps, et de toute façon Malcolm ne nécessitait pas beaucoup d'attentions. En dépit de ses journées de travail bien chargées à la scierie, Miriam conduisait Lilah à l'école tous les matins et venait la récupérer tous les après-midi. Elle l'emmenait à Pensacola pour acheter des vêtements et parfois même des bijoux. En février, elle retira la fillette de l'école pendant cinq jours pour passer Mardi gras à la Nouvelle-Orléans – Malcolm ne les accompagnait que pour porter les sacs – où, selon les mots de Lilah, elles « dévalisèrent la ville entière ». Comme si elle avait réellement pardonné à Elinor de l'avoir abandonnée à la naissance, près de quarante ans plus tôt, Miriam l'appelait régulièrement « maman », et Oscar, « papa ». Elle se permettait plus de familiarité entre les foyers, car c'était elle qui, de tous les Caskey, possédait la famille américaine idéale : le père, la mère, l'enfant. La maison d'Elinor, celle de Queenie et la ferme de Lucille et Grace n'étaient que les reflets incomplets et distordus de cette image parfaite. Elinor n'était plus son ennemie, aussi Miriam commença-t-elle peu à peu à se voir comme le pivot autour duquel tournait le clan. Il était temps, à ses yeux, que sa mère abdique.

La croyance en son pouvoir absolu sur les siens tendait à adoucir Miriam. Un usurpateur est obligé de se montrer froid et inflexible ; un souverain peut se permettre d'être magnanime.

Il y eut, à cette même époque, un autre bouleversement dans les habitudes des Caskey, et celui-là concernait les domestiques. Pendant des décennies, chacune des maisons avait eu une seule femme à son service. En raison de la stérilité de la cour de sable qui cernait les maisons, un seul jardinier avait suffi à l'ensemble de la propriété. Une nouvelle fois, Miriam fut à l'origine du changement. Lorsque Ivey avait pris sa retraite à la mort de Sister, sa nièce Melva avait pris sa place. C'était une cuisinière correcte, mais une piètre femme de ménage. Plutôt que de congédier Melva parce qu'elle était incapable de nettoyer comme il faut un tapis, Malcolm alla chez les Sapp pour voir si l'une de leurs nombreuses filles saurait le faire. Il en trouva rapidement une et l'embaucha pour s'occuper du ménage de la maison. À présent, Miriam avait deux domestiques, ce qui, dans un foyer qui ne comportait que trois personnes, était plus que suffisant, d'autant qu'elle était absente la plupart du temps et qu'ils prenaient la majorité de leurs repas à côté.

La fille que Queenie avait engagée pour préparer les petits déjeuners de Tommy Lee allait directement à l'école après son service et ne rentrait que tard dans l'après-midi. Puisque lui non plus n'était pas là pendant la journée, Queenie embaucha une autre fille – une Sapp, bien entendu – qui ne savait pas faire grand-chose, mais était d'excellente compagnie. Ce qui était tout ce dont Queenie avait besoin. Elle n'aimait pas être seule chez elle, même en pleine journée.

Malgré ses cinquante ans, Zaddie gérait parfaitement la maison d'Elinor : en trois décennies d'intendance, Elinor n'avait jamais eu à se plaindre. Or, celle-ci en était venue à penser que Zaddie n'avait plus à travailler aussi dur, si bien qu'elle envoya Malcolm à nouveau chez les Sapp, d'où il revint avec une fille pour la cuisine, une autre pour le ménage, et un garçon pour effectuer les menues courses.

Après la mort de Bray, Oscar avait employé plusieurs hommes de la scierie pour lui servir de chauffeurs, mais sans jamais trouver satisfaction. Il avait décrété qu'il ne se sentait entièrement en sécurité que lorsqu'un Sapp conduisait. Sammy avait son permis, mais il était encore au lycée à Babylon. Oscar le persuada de ne pas finir sa scolarité – de toute façon, ce n'était pas un bon lycée – et promit de le payer plus que ce qu'il pourrait gagner en travaillant à la scierie. Le garçon, déjà très attaché à Oscar, n'eut pas besoin d'arguments supplémentaires. Oscar lui trouva un uniforme et acheta une Lincoln Continental en son honneur. Il se fit ensuite conduire à San Antonio, au Texas, chez un ophtalmologue de renom pour son problème de cataracte, qui n'avait fait qu'empirer. L'opération, l'avertit le spécialiste, n'était pas sans risque et pouvait même causer une cécité définitive. Oscar ne dit rien de cela à sa famille. En compagnie de Sammy, il sillonna une dizaine d'États à la recherche de nouveaux parcours de golf où le garçon lui servait de caddie. Bientôt, Sammy excella dans la description des paysages : affalé sur la banquette arrière de la Continental, des lunettes de soleil sur le nez, Oscar ne se donnait même plus la peine de regarder par les vitres.

À la ferme de Gavin Pond, Lucille et Grace continuaient d'affirmer qu'elles s'en sortaient uniquement avec l'aide de Luvadia et Escue, alors qu'en réalité les trois frères et sœurs de Sammy, eux aussi adolescents, étaient sans cesse réquisitionnés. D'autant que des ouvriers agricoles venaient tous les jours à la ferme, en plus des hommes qui assuraient la maintenance du gros équipement, réparaient les clôtures, remplissaient les cuves et soignaient le bétail. Des ouvriers travaillant sur les puits au sud de la propriété venaient parfois sous un prétexte ou un autre, si bien qu'il y avait rarement moins d'une dizaine de personnes à table chaque midi.

Après tant d'années passées à faire le moins possible étalage de leur richesse auprès des habitants de Perdido, les Caskey s'étaient peu à peu débarrassés de leurs manières strictes et prudentes pour adopter un style de vie outrageusement fastueux. Ils achetaient des voitures neuves tous les ans et prenaient l'avion en première classe. En voyage, ils logeaient dans des hôtels de luxe et allaient dans les boutiques les plus chères. Une fois par mois, Elinor envoyait Malcolm à la Nouvelle-Orléans pour qu'il rapporte des caisses entières des meilleurs vins et alcools. Toute l'année, elle recevait hommes d'affaires et politiciens, et elle acquit une réputation d'hôtesse parfaite tant son exquise hospitalité semblait spontanée. Perdido était certes une petite mare, mais les Caskey auraient été aussi à l'aise dans un plan d'eau bien plus grand.

La ville aurait pu nourrir du ressentiment envers eux si ces changements ne s'étaient pas effectués de manière si inconsciente, si la sphère familiale ne s'était pas élargie si naturellement et sans qu'elle ne semble chercher de façon agressive cette ascension. Du moins, leur attitude envers leurs concitoyens et la façon dont ils les traitaient restèrent les mêmes. Lorsque les Caskey organisaient une fête – ce qui était désormais fréquent –, s'y retrouvaient les mêmes invités que cinq ans auparavant. Sauf que l'on y croisait à présent un, ou même les deux sénateurs d'Alabama, sans parler d'un Texan qui possédait dix-sept mille têtes de bétail et d'une femme qui appelait la Première Dame des États-Unis par son prénom.

De toute la famille, Tommy Lee fut le moins affecté par ces changements. Il restait timide et distant. Quand on le cherchait, on pouvait être sûr de le trouver dans un coin aussi éloigné de la foule que possible. Ses lieux favoris étaient la rivière, où il aimait pêcher ; les bois, où il aimait chasser ; et la chambre de Queenie, où tous les deux passaient des heures à discuter. Personne ou presque ne le prenait de haut dans la famille, car il était entièrement dédié à rendre sa grand-mère heureuse et à la tenir occupée ; de bien nobles tâches, pensait-on. Queenie avait tenu compagnie à Sister pendant de longues années, et sa loyauté lui était rendue par l'entremise de son petit-fils. Et Dieu savait que Tommy Lee n'était pas doué pour grand-chose d'autre.

Pourtant, Lilah avait honte de lui. Elle aurait souhaité que n'importe qui d'autre dans le comté soit son cousin. Il ternissait son image autrement parfaite. Comment pouvait-elle se réclamer d'une si grande sophistication, quand le seul membre de la famille de sa génération était un tel homme des cavernes ? D'ailleurs, ce n'était pas réellement son cousin, juste le petit-neveu par alliance de son grand-oncle. Chaque fois qu'un de ses camarades de classe faisait référence au garçon comme étant son cousin, elle tentait d'expliquer leur lien de parenté complexe, mais cela n'arrangeait pas vraiment l'affaire. Le lendemain, Tommy Lee était de nouveau son cousin. Ce n'aurait pas été si grave s'il n'était pas déjà aussi gros, comme tous les Strickland. Queenie était grosse, Lucille aussi. Malcolm était plutôt corpulent, mais Miriam le faisait tellement courir à droite et à gauche qu'il n'avait pas le temps de manger aussi souvent qu'il l'aurait souhaité. Danjo avait envoyé une photographie de lui et de sa femme Fred pour Noël, et lui aussi était gros. Danjo et Fred avaient deux petits garçons gros, dont l'un était déjà *Graf*.

Lilah passait son temps à tourmenter Tommy Lee ou bien à l'ignorer superbement. Et dans les moments où elle l'ignorait, c'était comme s'il n'avait jamais existé. Elle ne lui adressait pas la parole, même quand ils étaient assis côte à côte à table : lorsqu'elle tournait la tête dans sa direction, ses yeux évitaient soigneusement son visage. Et quand elle semblait le remarquer, ce n'était que pour le harceler de questions auxquelles il ne pouvait répondre : « Pourquoi tu ne fais pas un régime ? » « Si tu ne veux pas faire de régime, pourquoi tu ne te mets pas au football ? » « Pourquoi tu ne sors jamais avec des filles ? » « Pourquoi tu ne demandes pas à Queenie si tu peux m'emmener à la Nouvelle-Orléans pour faire les boutiques ? »

Lilah entra au lycée l'année où Tommy Lee passait son diplôme. Il l'invita au bal de promotion, mais elle refusa. Pas question d'assister à son premier bal scolaire au bras de son cousin ! Tommy Lee finit par y aller seul. Malcolm étant son chaperon pour l'occasion, le garçon passa la soirée assis sur un banc au fond de la pièce avec son oncle. Quand Malcolm vit combien son neveu était malheureux, il versa en douce du bourbon dans son verre.

Ce fut Lilah qui convainquit Tommy Lee d'aller à l'université.

« Il faut que tu y ailles, un point c'est tout. »

Cet intérêt soudain pour son avenir surprit le jeune homme, qui la soupçonna de vouloir l'éloigner de Perdido. Il se rendait bien compte à quel point Lilah supportait peu sa présence, mais, comme à son habitude, il ne voyait que la fougue de ses sentiments envers lui. Toutefois, il ne comprenait pas l'utilité d'études supérieures.

« Écoute Lilah, je ne suis pas très bon pour ces choses.

— Quelles choses ?

— Tu sais, les notes, tout ça. Et puis, grand-mère a besoin de moi ici.

— Si Queenie pouvait, elle te garderait attaché au pied de son lit, répondit sèchement Lilah. Si tu la laisses faire, je ne te parlerai plus jamais.

— Grand-mère a toujours été gentille avec moi.

— Si tu allais à l'université, tu pourrais intégrer une fraternité. »

Tommy Lee lança un regard sceptique à sa cousine.

« Tu crois qu'on me le proposerait ?

— Bien sûr, dit-elle d'un ton catégorique. Tu sais pourquoi ? Parce que tu es riche. Ce genre de chose, ça se découvre à chaque fois. On demande toujours aux riches d'intégrer une fraternité. Ils savent que les riches peuvent payer la cotisation et acheter de la bière pour les soirées. Et puis les riches viennent en voiture à l'école et ils ont des villas en bord de mer où faire des fêtes.

— Comment les gens sauront que je suis riche ? demanda le garçon, qui n'avait jamais plus de deux dollars en poche, même quand il allait à Pensacola.

— Je te l'ai dit, ils le découvrent. Ils font des recherches sur le nom des gens. Il y a un gros livre qui dit si quelqu'un est riche ou non. Une fois, une amie à moi en a vu un dans une fraternité, ajouta Lilah sur le ton de la confidence. Si tu vas à l'université, tu pourras intégrer une fraternité et comme ça tu pourras m'inviter à toutes leurs soirées. Ils organisent une fête tous les vendredis pendant la saison de football, et le reste de l'année, c'est un samedi sur deux.

— Tu viendrais ?

— Évidemment !

— Où est-ce que je devrais aller ?

— Tu veux dire, où est-ce que tu devrais postuler ? L'université d'Alabama a le plus de fraternités, mais Auburn est plus proche.

— Peu m'importe. Celle que tu préfères, Lilah. »

Il comprenait son désir qu'il aille à l'université pour deux raisons. Cela l'obligerait à quitter Perdido, où il embarrassait sa cousine, qui aurait en plus l'assurance d'être invitée aux fêtes des fraternités. Assister, dès sa deuxième année de lycée, à l'une de ces soirées sulfureuses et convoitées où l'alcool coulait à flots et où les mœurs étaient délicieusement relâchées, garantirait instantanément à Lilah un statut glorieux et intouchable parmi ses pairs.

« Eh bien, en attendant que je sache conduire, il va falloir que tu viennes me chercher ici le vendredi après-midi, puis que tu me ramènes le samedi. Puisque Auburn est la ville la plus proche, tu ferais mieux d'aller là-bas. Une fois que j'aurais mon permis, tu pourras t'inscrire à l'université d'Alabama. »

Tommy Lee prit donc la décision d'aller à Auburn. Sa candidature, quoique tardive, fut acceptée.

Bien entendu, Lucille et Grace en furent extrêmement fières. Tommy Lee les avait peut-être abandonnées, mais elles se réjouissaient qu'il aille à l'université et se forge un meilleur avenir que celui qu'on attendait de lui.

La nouvelle, en revanche, fut un choc pour Queenie, bien qu'elle ne puisse refuser à son petit-fils la possibilité de faire des études supérieures. Rassemblant sa volonté, elle n'essaya pas, même subtilement, de le faire renoncer à ses projets. Elle se contenta de le choyer davantage, lui offrant plus de vêtements qu'il ne pouvait en charger le coffre de sa voiture. Elle lui en acheta donc une avec un coffre plus grand. Elle insista pour l'accompagner à Auburn et l'aider à s'installer dans sa chambre, quoique Lilah l'ait suppliée de ne pas le faire.

« Écoute, Queenie, dit la jeune fille d'un ton péremptoire que Miriam aurait très bien pu utiliser, il ne sera là-bas que pour deux semaines au maximum. »

Le cœur de Queenie fit un bond.

« Tu crois vraiment ? répondit-elle. Tu penses que la maison lui manquera à ce point qu'il voudra rentrer ? J'ai toujours pensé que Tommy Lee n'était pas fait pour les études.

— Mais non, répondit Lilah avec impatience. Je veux dire qu'ensuite, il s'installera dans la résidence de la fraternité. Je parie que ce sera Pi Êta. C'est là qu'on trouve les garçons les plus riches. En septembre, ils organisent une soirée toge. Tommy Lee reviendra donc me chercher. Il a déjà promis de m'inviter à la fête. Au cas où ce serait Pi Epsilon, ils organisent une soirée polynésienne, où je préférerais largement aller mais je parie que ce sera Pi Êta. »

La dernière semaine d'août 1961, Tommy Lee et Queenie se rendirent à Auburn à bord de la nouvelle auto du garçon. Queenie l'aida à s'installer dans sa chambre et se réjouit lorsque Tommy Lee essaya, en vain, de ranger sa montagne de vêtements dans l'armoire et la petite commode qu'on lui avait attribuées.

Quand son camarade de chambre arriva, elle les invita tous les deux dans un restaurant de poissons.

Queenie passa la nuit à l'hôtel d'Auburn, demandant à Tommy Lee de dormir avec elle plutôt que dans sa chambre. Le lendemain, Lucille fit le trajet à son tour, et Tommy Lee la présenta avec désinvolture comme sa « maman de la ferme » à son camarade de chambre stupéfait. Plus tard ce jour-là, après des adieux déchirants, Lucille raccompagna Queenie à Perdido, où elle lui tint compagnie sous le porche jusqu'à minuit.

« Je me sens tellement seule, ne cessait de répéter Queenie. Je n'arrive pas à rentrer dans la maison en sachant que Tommy Lee n'est pas là.

— Maman, il va le falloir, parce que je suis morte de fatigue. Et puis Grace m'attend. »

Queenie poussa un soupir, se leva de son siège et laissa Lucille l'accompagner à l'intérieur.

« J'ai envie de tuer Lilah d'avoir envoyé Tommy Lee à l'université. Tout ce qu'elle veut, c'est quelqu'un pour aller à une fête où les gens se promènent sans rien d'autre qu'un drap. Elle aurait pu aussi bien porter cet accoutrement ici, pas une âme à Perdido n'aurait dit quoi que ce soit. Mais non, soupira-t-elle à nouveau, il a fallu qu'elle pousse Tommy Lee à partir d'ici.

— Eh bien maman, dit Lucille sans grande empathie, maintenant tu sais comment Grace et moi, on s'est senties quand tu nous as enlevé Tommy Lee.

— Vraiment ? répondit vaguement Queenie.

— Vraiment », fit Lucille en se tournant pour partir.

Queenie écouta les pas de Lucille s'éloigner. La porte d'entrée claqua, et elle entendit sa fille sous le porche, puis descendre les marches. Elle l'entendit traverser la cour et rejoindre son auto, dont le moteur se mit à vrombir. Bientôt, le bruit de l'engin disparut derrière la haie de troènes à l'est.

Queenie n'essaya même pas de se persuader qu'elle voulait dormir. Elle voulait uniquement penser à Tommy Lee, se l'imaginer à Auburn, dans sa chambre trop petite du dortoir des première année, alors qu'il aurait dû être confortablement étendu dans son grand lit soyeux, dans la chambre à côté de la sienne ; dans la sécurité d'un coin sombre de la vieille demeure ; à l'ombre de la digue qui surplombait la Perdido. Elle resta longtemps éveillée, à penser à son petit-fils et à se remémorer avec plaisir les fois où, assise à la table de la salle à manger, elle le regardait dévorer son petit déjeuner ; les fois où ils allaient chez Elinor pour le dîner et leurs parties de cartes dans la soirée ; les films qu'ils avaient vus ensemble à la télévision ou au *Starlite* ; la façon dont, tous les soirs, ils se disaient bonne nuit et s'embrassaient au moins cinq fois avant d'aller se coucher dans leurs chambres respectives ; comment toutes les nuits pendant trois ans, Tommy Lee avait empêché Carl Strickland de revenir.

Il l'avait protégée. Et voilà qu'à nouveau, elle se retrouvait seule.

Parfaitement immobile, Queenie n'arrivait plus à penser à son petit-fils, seulement à sa terrifiante solitude.

Rompant le silence, la vaisselle tinta dans le placard

de la cuisine. À vrai dire, c'était plus une vibration qu'un tintement, mais Queenie avait vécu trop longtemps dans cette maison pour ne pas reconnaître ce son. Au bout du vestibule plongé dans le noir, de l'autre côté de la double porte aux vitres teintées, dans le vaisselier fermé, la porcelaine de James tremblait sous les pas feutrés de quelqu'un qui allait et venait sous le porche, aussi lentement et silencieusement que possible.

Queenie fut brusquement assaillie d'un doute : Lucille avait-elle, oui ou non, fermé la porte à clé en sortant ? Se levant du lit, elle se glissa hors de la chambre et scruta le couloir qui menait à l'avant de la maison. Tout était noir, immobile et silencieux.

Elle fit quelques pas, et les pendeloques du chandelier de la salle à manger carillonnèrent doucement. Mais le bruit ne l'effraya pas, car c'était elle qui l'avait causé.

Elle avança plus rapidement vers la porte d'entrée. Elle la voyait parfaitement, son montant blanc luisant dans la pénombre, le voilage qui en recouvrait la vitre frissonnant imperceptiblement sous ses pas. Elle voyait la clé dans la serrure. Elle voyait même la clé en train de tourner dans la serrure.

Soudain, la maison tout entière trembla. De l'autre côté de la porte, quelqu'un tournait la clé dans la serrure et martelait les lattes en bois aussi bruyamment que possible, d'abord une botte, puis l'autre, et ainsi de suite. La clé tournait comme aucune clé ne tourne jamais, vite, plus vite encore, tandis que dans la maison tous les verres et la porcelaine tintaient et s'entrechoquaient dans l'obscurité. Dehors, les pas continuaient à marteler, tellement fort que la maison en était secouée, et seule Queenie, qui se tenait paralysée sur le seuil de la salle à manger, semblait immobile. La maison s'emplit de musique : une cacophonie aiguë de tintements et de crissements de verre pour accompagner la cadence infernale des bottes contre le porche. La clé continuait à tourner sur elle-même dans la serrure ; elle attirait une lumière qui semblait ne venir de nulle part et aveuglait les yeux écarquillés de Queenie, qui dut se retenir au montant pour garder l'équilibre. Elle vit la clé être éjectée, mais fut incapable d'entendre le bruit qu'elle fit en heurtant le parquet, car la musique était assourdissante, elle lui vrillait les tympans. En bruit de fond, la Perdido soutenait ce vacarme en se déchaînant comme elle ne l'avait jamais fait auparavant, ou peut-être n'était-ce que le sang qui battait aux tempes de Queenie, qui pulsait au rythme des bottes en même temps que le tintinnabulement d'un millier de pièces de vaisselle, de cristal et d'argenterie dans la maison plongée dans l'obscurité.

Dans la salle à manger, une bergère en porcelaine de Meissen à un bout de la cheminée et son berger à l'autre bout tressautaient au rythme sauvage de cette musique et, alors que Queenie fixait la bergère et son agneau enrubanné puis le berger avec son bâton et sa flûte, elle entendit une mélodie ténue. Le berger jouait de sa flûte et la bergère chantait au rythme des coups sous le porche. Queenie essaya d'écouter la chanson et parut en comprendre les paroles, du moins y serait-elle parvenue si la bergère et son berger n'avaient pas fait un bond de trop et chuté depuis le manteau de la cheminée, tombant devant la frise de carreaux de Delft ornés de fleurs, devant la grille de l'âtre, froide et polie, devant le tas de cendres, jusqu'aux briques dures du foyer. La flûte du berger et le chant de la bergère se turent ; ils n'étaient plus qu'un amas de débris de porcelaine colorée, qui ne pouvait plus chanter, qui ne pouvait plus être réparé.

Par habitude, la fille Sapp qui préparait le petit déjeuner de Tommy Lee se présenta tôt le lendemain matin, quand bien même elle savait qu'on n'aurait pas besoin d'elle. Elle regretta de ne pas être restée à la maison. Elle trouva Queenie morte par terre, dans l'embrasure de la porte de la salle à manger. Deux pièces de 1929 étaient posées sur ses yeux, et la clé de la maison, enfoncée dans sa bouche.

L'UNIVERSITÉ

Dans son testament, Queenie Strickland divisait sa fortune entre sa fille Lucille, son fils Malcolm et son petit-fils Tommy Lee Burgess. Recevoir cet argent, ces actions, ces terres ainsi que les recettes des droits et des dividendes, ne fit aucune différence aux trois légataires. Lucille s'était si longtemps contentée de l'immense fortune que Grace avait héritée de son père des années auparavant, qu'elle ne voyait aucune utilité à ces nouvelles richesses. Malcolm dit simplement : « Miriam, tu veux faire quelque chose avec cet argent ? » Lorsque sa femme répondit négativement, il autorisa Billy à l'investir comme il le souhaitait. Malcolm continuait à s'étonner des bilans financiers que lui donnait son beau-frère tous les mois, mais au final ils ne signifiaient rien pour lui. L'argent avait encore moins de sens pour Tommy Lee ; il était malheureux à Auburn. Il n'aimait pas ses cours, il lui était toujours difficile de se faire des amis, Perdido lui manquait terriblement et il était sincèrement endeuillé par la mort de sa grand-mère. Son camarade de chambre avait du mal à croire que sa famille soit fortunée, lui qui n'avait jamais d'argent sur lui. Mais un coup d'œil à l'un des bilans financiers de Billy, lui prouva qu'il avait tort. Il n'avait même jamais rencontré quelqu'un d'aussi riche. Il donna donc à Tommy Lee ce conseil: « Ouvre un compte bancaire à Auburn, comme ça tu n'auras pas à aller à Perdido chaque fois que tu as besoin de cinq dollars. »

Tommy Lee aurait certainement pu bénéficier d'autres conseils de son camarade, mais les choses se déroulèrent comme Lilah l'avait prédit. La branche Pi Êta demanda au garçon d'intégrer la fraternité. Il accepta uniquement pour faire plaisir à Lilah et emménagea dans leur résidence. Au cours du week-end d'intégration, on le déshabilla, on le ligota les mains attachées aux pieds et on le balança dans le coffre de son auto avant de l'abandonner sur la berge de la Chattahoochee.

Le vendredi suivant, il alla chercher Lilah à Perdido. Les soirées toge étant passées de mode, la première fête organisée par Pi Êta avait pour thème le Sud d'avant la guerre de Sécession. Lilah s'en réjouit, d'autant que cela lui permettrait de porter des bijoux de sa collection.

Grâce à son cousin, la jeune fille assista à toutes les soirées Pi Êta ce printemps-là, et à l'automne suivant, sur invitation de Tommy Lee, elle alla à tous les matchs de football de l'équipe d'Auburn, qu'ils jouent à domicile ou en déplacement. À Perdido, on trouvait ces activités peu convenables pour une lycéenne, mais après tout, Tommy Lee était son cousin. Miriam remarqua simplement: « J'aurais aimé avoir les mêmes opportunités qu'elle à son âge. Du moment qu'elle est heureuse, elle peut faire ce qu'elle veut. »

À l'été 1963, Lilah obtint son permis de conduire, et à la rentrée suivante elle se rendit par elle-même aux soirées Pi Êta à Auburn. Sous prétexte de ne rater aucun événement festif, elle interdit à Tommy Lee de rentrer à Perdido jusqu'à Thanksgiving. Elle fut folle de rage quand l'une des plus grosses soirées de la fraternité dut être annulée à cause de la mort de Kennedy.

Au printemps 1964, ce fut au tour de Lilah de s'inscrire à l'université. Tommy Lee supposa qu'elle choisirait Auburn, tant elle paraissait aimer l'endroit. Le reste de la famille, en revanche, savait qu'il valait mieux se garder de faire la moindre supposition. Tout le monde se rappelait la façon dont Miriam avait tu son intention d'aller à l'université jusqu'au jour de son départ. On n'en attendait pas moins de sa nièce. Ils ne se trompaient pas. Lilah n'avait fait aucune mention d'une éventuelle inscription. Miriam avait même confié ses soupçons à Elinor : « Maman, je crois que Lilah planifie quelque chose. » Elle avait raison, car la jeune fille fit promettre à Malcolm et elle de n'ouvrir son courrier sous aucun prétexte.

Si on leur avait posé la question, Elinor et Miriam auraient certainement nié qu'elles se rapprochaient. Mais c'étaient désormais des femmes mûres à la forte personnalité, bien installées dans leurs vies et claires quant à leurs identités. Miriam avait la quarantaine, et Elinor devait avoir au moins vingt ans de plus. Miriam adorait le café, au point d'en être presque dépendante. Elle s'attardait toujours à table, longtemps après que chacun fut parti vaquer à ses occupations.

Elinor restait généralement avec elle, une tasse de café devant elle, pour justifier sa présence.

« Tu vas te sentir seule quand Lilah va s'en aller, dit Elinor à sa fille. Tu vas te sentir aussi seule que moi quand tu me l'as prise.

— Tu t'en es remise, répondit Miriam avec un haussement d'épaules.

— Pas tant que ça. Elle me manque encore. »

Miriam sourit.

« Tu voudrais la récupérer ?

— Comme elle est maintenant ? demanda Elinor en secouant la tête et en fronçant les sourcils.

— Qu'est-ce que tu sous-entends ?

— Avant, c'était une enfant gentille.

— Lilah n'a jamais été gentille.

— Toi non plus. Mais au moins je pouvais la garder à l'œil quand elle vivait à mes côtés. Je ne la laissais pas toujours faire ce qu'elle voulait.

— Contrairement à moi ?

— Tu lui offres tout ce qu'elle veut. Bien plus que ce dont elle a besoin.

— J'aime lui faire des cadeaux, dit Miriam. J'aurais aimé que grand-mère et Sister m'en fassent quand j'avais son âge. Tout ce que je possède, je l'ai obtenu par moi-même. J'ai travaillé dur pour ça, je l'ai mérité.

— Alors que Lilah n'a jamais travaillé, ne serait-ce que deux minutes de toute sa vie. Elle n'a rien mérité du tout.

— Lilah est la meilleure élève du lycée. Je ne connais personne d'aussi intelligent. Elle aurait pu intégrer l'université il y a deux ans si on l'avait acceptée.

— Elle n'a pas eu à travailler pour obtenir ces notes, dit Elinor. Je le répète : elle n'a jamais eu à travailler pour quoi que ce soit. Et puis, je crois que tu oublies de lui dire quelque chose.

— Quoi donc, maman ? »

Sans répondre immédiatement, Elinor se mit à jouer avec son collier de perles noires, un sourire aux lèvres comme si elle savourait l'écho du mot *maman*.

« Lilah est la seule de la famille à ne rien posséder en son nom propre, dit-elle enfin.

— Comment ça ?

— Eh bien, tout le monde a eu de l'argent – beaucoup d'argent – en héritage, y compris Malcolm et Tommy Lee. Ils sont immensément riches. Je regarde les bilans mensuels. Lilah est la seule à ne pas en recevoir.

— Tu ne lui laisses rien dans ton testament ? C'est ta petite-fille pourtant.

— Ce qu'il y a dans mon testament ne regarde que moi. Tu ne le sauras qu'à ma mort, et je te conseille d'être patiente. Il se peut que je vive encore très longtemps.

— Quelqu'un va forcément lui léguer quelque chose, dit Miriam. Billy, par exemple. À qui crois-tu qu'il va laisser sa fortune ? Ou bien Oscar. Il a énormément d'argent. Je ne me fais pas de souci pour Lilah. Tu ne penses quand même pas que je vais la laisser sans rien ?

— Non, ce n'est pas ce que je pense. Mais peut-être que tu devrais le lui faire remarquer, afin qu'elle prenne conscience de tout ce que tu as fait pour elle, et qu'elle te montre un peu de reconnaissance.

— Je ne cherche pas à ce qu'on me remercie. Le jour où j'aurai envie d'un merci, je dirai à Lilah de m'envoyer une carte.

— Elle te l'enverra si c'est toi qui l'achètes. Et que tu lèches le timbre. »

Miriam appela Zaddie qui, sans qu'on ait à lui demander, sortit de la cuisine avec du café chaud.

« Maman, reprit Miriam, est-ce que tu crois que Lilah va aller à l'université ?

— Je n'en sais rien. Pourquoi ne pas lui poser la question directement ?

— Ça ne me regarde pas. C'est sa décision. Elle sait mieux que moi quelles universités sont les meilleures. Je suis allée à la faculté en temps de guerre. Tout est différent maintenant.

— C'est toi qui vas payer. Tu as le droit de savoir.

— Tommy Lee pense qu'elle ira à Auburn. »

Elinor fit non de la tête.

« J'en doute. C'est ce qu'il espère. Mais tu ne devrais pas t'inquiéter à ce sujet. Tu devrais plutôt t'inquiéter de savoir si tu la reverras une fois qu'elle sera partie. »

L'été tirait à sa fin, et Lilah ne disait toujours rien. Vers la fin août, Miriam dut se rendre à New York et demanda tout naturellement à sa nièce si elle souhaitait l'accompagner. La jeune fille fit ses valises, et Miriam, Malcolm et elle partirent le lendemain.

Ils dormirent quatre nuits au *Plaza*. Pendant que Miriam était en rendez-vous la journée, Lilah emmenait Malcolm faire les boutiques sur la Cinquième Avenue et sur Madison. Malcolm signait les chèques et portait les sacs sans jamais se plaindre de l'argent que Lilah dépensait.

L'après-midi du quatrième jour, Malcolm, chargé comme une mule, suivit Lilah en chancelant dans un restaurant de la 57e Rue. Une fois assis et après qu'elle lui eut commandé à boire, il lui dit :

« Tu sais, il y a quelque chose que tu as oublié d'acheter.

— Quoi ?

— Des valises supplémentaires pour rapporter tes nouveaux achats.

— Pas la peine, répondit Lilah.

— Comment ça ?

— Je reste ici. »

Malcolm examina le restaurant, perplexe.

« Au *Plaza* ? Toute seule ?

— Non, Malcolm, pas au *Plaza*, et pas toute seule. Je vais aller à l'université, ici, à New York. Barnard. C'est une faculté de Columbia, elle est réservée aux femmes. C'est une bonne école. L'intégration des première année commence lundi. J'ai déjà ma chambre sur le campus. Ça, ajouta-t-elle en pointant les sacs empilés sous la table, c'est ma garde-robe pour l'automne. »

Fort heureusement, le serveur apporta à cet instant la boisson de Malcolm.

« Il en prendra un deuxième », dit Lilah au serveur.

Malcolm avala une bonne gorgée de son premier verre.

« Tu as prévenu Miriam ? demanda-t-il avec appréhension.

— Personne ne sait à part toi.

— Écoute ma puce, tout le monde à Perdido va être bouleversé quand ils ne te verront pas rentrer avec nous. Tu y as pensé ?

— Malcolm, je n'ai pas le temps de rentrer à Perdido. Je te l'ai dit, il faut que je sois à la fac lundi.

— Je suppose que tu savais tout ça quand tu nous as accompagnés ici.

— Évidemment. Je le sais depuis des mois. De toute façon, il aurait fallu que je vienne à New York ce week-end. Par chance, Miriam et toi aviez prévu d'y aller au même moment.

— Pourquoi tu n'as dit au revoir à personne en partant ?

— Je ne voulais pas les voir pleurnicher. D'ailleurs, ne t'y mets pas, toi non plus. Tiens, ton deuxième verre arrive. »

Ce soir-là, lorsque Miriam rentra à l'hôtel, Malcolm la mit au courant des projets de Lilah. Le lendemain matin, cette dernière attendait assise au bord du lit dans la chambre d'à côté qu'on la fasse venir. Ce ne fut pas long.

« Eh bien, dit sèchement Miriam, est-ce que tu as pu voir à quoi ressemblait ta chambre sur le campus ?

— Non, ça n'ouvre que lundi, répondit Lilah.

— Je parie que ce sera un placard à balai. Comme la mienne. Tu ne veux pas un appartement plutôt ?

— Pour l'instant, je vais rester dans la chambre, puis j'aviserai.

— Il y a des sororités à Barnard ?

— Non, mais ça m'est égal. Je suis trop vieille pour ces bêtises.

— Tu veux que Malcolm et moi, on reste avec toi jusqu'à lundi pour t'aider à t'installer ?

— Seigneur, non ! », s'écria Lilah, frissonnant à la pensée que ses parents adoptifs puissent être présents pour son premier jour à l'université. Puis elle ajouta, de mauvaise grâce : « Bon, restez jusqu'à dimanche soir, ensuite vous pourrez reprendre l'avion. Réglez la note d'hôtel pour que je puisse être là jusqu'à lundi, je me débrouillerai pour le reste. »

Et il en fut ainsi. Seul Tommy Lee fut surpris de voir Miriam et Malcolm rentrer de New York sans Lilah. C'était typiquement le genre de comportement que le reste de la famille attendait de la jeune fille. La table à manger d'Elinor, qui se remettait à peine de l'absence de Queenie, parut misérablement vide.

« Vous lui avez demandé si elle nous autorisait à la revoir ? demanda Oscar.

— Elle a dit qu'on pouvait lui rendre visite à New York, répondit Malcolm. Du moment qu'on n'entrait pas dans l'école. Elle a dit qu'elle ne voulait nous présenter à personne. »

Malcolm haussa les épaules, l'air de dire qu'il fallait s'y attendre. La tablée entière acquiesça, comme s'il avait parlé à voix haute.

« Elle va se sentir seule, là-bas, dit Billy.

— Lilah ?! s'exclama Miriam.

— C'est pourtant ce qui t'est arrivé, rétorqua Elinor. Alors que ton université n'était qu'à quatre-vingts kilomètres d'ici, à Mobile. Grace nous a raconté que tu t'endormais tous les soirs en pleurant.

— Aucun souvenir.

— Si, tu te rappelles, lança Oscar. Je n'avais jamais vu quelqu'un aussi heureux d'être rentré pour ce premier Thanksgiving.

— Tu ferais mieux de garder un œil sur Lilah et de t'assurer qu'elle est heureuse là-bas, dit Billy.

— Je ne veux pas être constamment sur son dos, répondit Miriam en secouant la tête. Elle aurait l'impression que je me mêle de ce qui ne me regarde pas.

— Fais juste en sorte d'aller le plus souvent possible à New York, dit Elinor, ignorant la remarque de sa fille. Garde un œil sur elle. Malcolm, tu peux aller la voir seul parfois. Arrange-toi pour qu'elle croie que ce n'est pas pour elle que tu viens, fais semblant de devoir livrer des documents ou je ne sais quoi. Achète-lui de nouveaux habits.

— Ça lui fera plaisir », acquiesça Malcolm.

Les Caskey n'avaient aucune raison de s'inquiéter. Lilah se débrouillait parfaitement bien. Elle était heureuse de voir Miriam, Malcolm ou Billy quand l'un ou l'autre venait à New York, et alla même jusqu'à présenter Miriam à sa camarade de chambre. Cette année-là, elle rentra à Perdido pour Thanksgiving, Noël et les vacances de printemps, mais passa l'été à voyager en Europe. Elle évita soigneusement de voir Danjo, quand bien même son fils était un *Graf*.

Lors de sa deuxième année à Barnard, elle emménagea dans un appartement de l'East Side, si bien que quand ils passaient à New York, Miriam et Malcolm logeaient au *Carlysle*, à trois rues seulement de chez elle. Cette année-là, elle ne revint à Perdido que pour Noël ; pour sa troisième année, elle n'y retourna que pour un week-end en avril – uniquement parce que c'était les quarante-cinq ans de Miriam, laquelle l'avait fait venir en la soudoyant avec un collier de perles à deux rangées. Une sorte de cadeau d'anniversaire inversé.

Une fois son diplôme obtenu, Tommy Lee était rentré. Miriam lui avait proposé un emploi à la scierie, mais il était retourné auprès de Grace et Lucille. Bien que heureuses de l'avoir, les deux femmes s'étonnèrent qu'il ait choisi de rester à Gavin Pond.

« La vie est ennuyeuse ici, dit Lucille. Il n'y a rien à faire. Grace et moi, on pensait que tu voudrais t'installer à New York pour être près de Lilah.

— Lilah ne veut pas de moi, soupira Tommy Lee.

— Alors une autre fille », hasarda Grace.

Tommy Lee secoua la tête.

« Bien, fit Grace d'un ton catégorique. Les hommes ne devraient pas se marier. Ils ne causent que des embêtements aux femmes, c'est tout. Je t'aime, Tommy Lee, mais tu ne vaudrais probablement pas mieux que la plupart d'entre eux.

— Tu as sans doute raison », approuva-t-il.

Tommy Lee chassait et pêchait ; en somme, il faisait

exactement ce qu'il faisait sept ans plus tôt, avant d'aller habiter avec Queenie à Perdido. Il paraissait véritablement heureux et ne souhaiter aucune autre vie que celle qu'il menait, calme et paresseuse. Un jour, n'ayant rien de mieux à faire, il emprunta un canot à Grace et s'en fut explorer le marais au sud de la ferme, se perdant dans ses méandres et ses entrelacs, jusqu'à arriver à l'un des puits de pétrole. Pris d'intérêt, il s'arrêta pour poser des questions aux hommes qui travaillaient là. Ces derniers, lorsqu'ils apprirent qu'il était de la famille des propriétaires du terrain, se prêtèrent volontiers au jeu. Tommy Lee retourna dans le marais le lendemain, puis le jour d'après. Bientôt, il apprit tout ce qu'il y avait à savoir sur l'extraction du pétrole. Avec le temps, il put rapporter de précieuses informations à Miriam – des choses que les compagnies pétrolières avaient espéré dissimuler aux Caskey. Miriam comprit alors que Tommy Lee pourrait finalement s'avérer utile. Elle lui exposa en détail les aspects administratifs, financiers et juridiques du commerce du pétrole. Ça aussi, Tommy Lee le saisit sans trop de difficultés. Faute de mieux, il avait étudié le commerce à Auburn.

Par la suite, lorsque Malcolm était malade ou trop occupé, Miriam emmenait Tommy Lee avec elle lors de ses déplacements à Houston, à la Nouvelle-Orléans ou à New York. Grace n'eut pas à se faire prier pour aménager un espace de bureaux dans la maison, et elle recruta deux lycéennes de Babylon pour aider Tommy Lee avec la montagne croissante de paperasse.

Le jeune homme se lia d'amitié avec les ouvriers qui travaillaient sur les puits, dont beaucoup venaient ensuite le soir à la ferme pour boire une bière, raconter des histoires et taquiner Tommy Lee en l'accusant de vouloir gagner toujours plus d'argent malgré sa fortune déjà immense. Grace et Lucille déambulaient parmi les groupes d'hommes, avec de grandes marmites de crevettes bouillies, des bols de frites et des packs de bières fraîches. C'étaient de bons gars, clamait Grace, parce qu'ils travaillaient dur et se fichaient du mariage.

Alors que Gavin Pond fourmillait de monde, avec les nouveaux amis de Tommy Lee et les nombreux employés de la ferme, la propriété des Caskey à Perdido semblait particulièrement délaissée. Seuls dans leur vaste maison, Elinor, Oscar et Billy vieillissaient ensemble. À côté, Malcolm passait ses soirées à regarder la télévision tandis que Miriam continuait à travailler, ses papiers étalés sur la grande table basse devant le canapé.

La maison de Queenie demeurait vide. Peu à peu, elle s'emplissait des rebuts de la riche existence des Caskey. De vieux vêtements étaient stockés dans des cartons, empilés dans les chambres. Des meubles dont plus personne ne voulait étaient tassés dans des pièces déjà pleines à craquer. Alignés contre les murs, des tapis roulés sur eux-mêmes prenaient la poussière. C'est là que Billy conservait toutes les archives de la famille dans des boîtes soigneusement étiquetées et rangées les unes sur les autres. La cuisine était encombrée de vieux meubles de jardin. Dans un coin de la chambre de Queenie, une vingtaine de lampes attendaient mélancoliquement une réparation qui ne viendrait jamais. Les vieux jouets des quelques enfants Caskey étaient soigneusement conservés dans l'ancienne chambre de Tommy Lee. Les précieuses babioles de James, qui n'avaient jamais été correctement rangées après sa mort, glissaient de leurs étagères et se brisaient au sol une à une. Personne ne les voyait ni ne les entendait tomber, mais chaque fois que quelqu'un entrait dans la maison, il y avait de nouveaux débris de porcelaine, de verre ou de vaisselle par terre. Tout était couvert de poussière, et les rats grignotaient les montants des portes fermées. En plus des écureuils, une famille entière de ratons laveurs élut domicile dans le grenier. Une des filles Sapp employée par Miriam refusait de s'approcher de la bâtisse, soi-disant parce que des serpents à sonnette vivaient sous les marches du porche.

Par une nuit orageuse de 1965, la foudre tomba sur l'un des chênes d'eau à l'arrière de la maison. Le sommet de l'arbre se brisa net et chuta sur ce qui avait été la chambre de James. Le trou qui en résulta défigurait la demeure, mais puisqu'il était invisible depuis la maison de Miriam, on se contenta de le couvrir de plaques de tôle.

Durant l'hiver 1966, alors que les Caskey dînaient, la maison de Queenie prit feu. Tous les pompiers de la ville furent appelés à la rescousse, mais la demeure brûla entièrement en moins d'une demi-heure. Les Caskey regardèrent l'incendie d'un air impassible depuis le porche latéral de chez Miriam, tandis que Zaddie servait le dessert et qu'Elinor versait du café avec l'une des plus belles cafetières en argent de James.

OSCAR ET ELINOR

Oscar fut soudain un vieil homme. La destruction de la maison de Queenie y était pour quelque chose – quoique à l'époque il ait fait peu cas de l'incendie. Il était resté sous le porche à boire du café et saluer de loin les pompiers, une fois qu'Elinor lui eut soufflé quels hommes s'étaient déplacés ce jour-là. Son seul regret était que les choses qui avaient été entassées là-bas auraient pu servir à quelqu'un si on avait pris la peine de les donner.

« Pauvre Queenie… soupirait-il. Pauvre James… et Genevieve, et maman. »

Néanmoins, il déclara qu'il n'était pas mécontent que la maison ait brûlé. Elle était vieille et il était presque impossible d'entretenir une demeure inhabitée. Un incendie était voué à s'y déclarer. En outre, Sammy Sapp lui avait raconté qu'on ne pouvait y pénétrer sans que des milliers de puces jaillissent des tapis et s'accrochent à vos vêtements. Miriam n'avait qu'à embaucher quelqu'un pour en faire un jardin, ou y construire un garage pour toutes leurs autos. Personne n'avait besoin de la maison, et de toute façon elle aurait fini par brûler un jour ou l'autre.

Après cette nuit-là, Oscar sembla accablé par la solitude du survivant. James, Mary-Love et Queenie lui manquaient avec une fréquence et une intensité qui le surprirent et l'alarmèrent. Il perdait peu à peu la vue et, à mesure que la lumière du monde déclinait, les ombres du passé resurgissaient. Lorsque la maison était silencieuse et qu'il laissait son esprit dériver, les voix des défunts le convoquaient. Il éteignait la radio à la fin du match de football et pouvait entendre Genevieve Caskey – cruelle ironie – appeler son prénom depuis une pièce au loin. « Rejoins-nous ! », criait-elle, et il manquait de bondir de son siège.

Ou bien il rêvait de sa mère gisant inerte dans le lit de la chambre d'ami. Elle ouvrait les yeux et l'appelait faiblement. Au moment où il se levait du siège à bascule en osier placé au pied du lit, il se réveillait – mais la voix de Mary-Love était toujours présente, étouffée, comme si elle lui parvenait depuis l'autre côté de la porte.

Tôt le matin, Sammy le conduisait au *Perdido Country Club* de Lake Pinchona pour une ou deux parties de golf ; malheureusement, il ne pouvait plus voir la balle une fois qu'elle avait quitté le tee et ne devinait que vaguement son point de chute sur le green. « Où a-t-elle atterri, Sammy ? », demandait-il après chaque coup. Peu importait l'endroit où la balle était tombée, Sammy rapprochait Oscar du green et posait sur le gazon une balle à peine sortie de sa poche. Oscar soupçonnait vaguement le subterfuge, mais il savait que c'était la seule façon pour lui de continuer à jouer. À dix heures, quand le parcours se remplissait de joueurs, Oscar annonçait qu'il était fatigué et demandait à Sammy de le ramener à la maison.

Il passait ensuite le reste de la journée assis près de sa radio dans le petit salon de sa chambre, à écouter les retransmissions de matchs quel que soit le sport et à essayer de déchiffrer les journaux de Mobile, les levant soigneusement dans la lumière de l'après-midi, qui se déversait par les fenêtres côté ouest. Quand il n'y avait pas de matchs, il lisait la presse en silence. Il avait tenté de réunir son groupe de dominos, mais ses partenaires de jeu encore vivants y voyaient aussi mal que lui, au point que le soir ils n'arrivaient plus à distinguer les points sur l'ivoire jauni des pièces.

Billy et Miriam lui donnaient des nouvelles de la scierie et des activités pétrolières mais Oscar n'écoutait que d'une oreille. Les affaires ne l'intéressaient plus. Son seul véritable intérêt concernait Tommy Lee et Lilah : il voulait savoir quand ils se trouveraient un conjoint. « Il nous faut des petits-enfants, Elinor », répétait-il sans scrupules.

« Tommy Lee et Lilah doivent se trouver quelqu'un et fonder un foyer. Et nous donner d'autres bébés.

— Pour qu'on puisse les leur voler, c'est ça ? répondit sa femme en riant.

— Ça fait si longtemps qu'il n'y a pas eu de nouvelle naissance. Cette vieille maison est comme morte. Et ce n'est pas sur Miriam qu'il faudra compter. Je suppose qu'il est trop tard pour qu'elle ait des enfants.

— En effet, dit Elinor.

— Et je ne crois pas que Billy se remarie un jour.

— Non.

— On va se sentir atrocement seuls si Tommy Lee et Lilah ne s'y mettent pas rapidement.

— Ils sont encore jeunes, remarqua Elinor.

— Je sais, mais s'ils ne se dépêchent pas, on sera trop vieux pour profiter de leurs enfants quand ils en auront. »

À présent, Oscar n'acceptait plus de voir que ses amis de longue date. Il reconnaissait les gens uniquement à leur voix, et celles qui ne lui disaient rien le mettaient mal à l'aise. Il prétendit que la fille Sapp chargée du ménage faisait mal son lit, si bien qu'Elinor et Zaddie le lui firent chaque matin, secouant et disposant les quatre matelas en plumes à sa convenance. Plus tard dans la journée, Sammy l'emmenait faire un tour en ville à bord de la Continental et lui décrivait ce qu'il voyait des deux côtés de la rue. « Et voilà Monsieur Cailleteau qui sort de la pharmacie, Monsieur Oscar, faites-lui signe par la vitre de gauche. Là, y a Madame Gully qui sort du parking du supermarché dans sa nouvelle auto, une Chevrolet rouge. Elle nous a pas vus donc pas la peine de la saluer… »

Oscar ne descendait plus accueillir leurs invités, et lorsqu'un inconnu dînait avec eux, il trouvait une excuse pour quitter la table aussi vite que possible. Parfois, prétextant qu'il ne serait pas de bonne compagnie, il demandait à Zaddie de lui monter son repas, qu'il mangeait en écoutant les informations à la télévision. Dans ces moments-là, Zaddie restait à ses côtés et lui faisait la conversation – et s'il renversait de la nourriture ou avait besoin de quoi que ce soit, elle pouvait discrètement s'en occuper.

Une chance que Zaddie ait eu sous ses ordres plusieurs filles Sapp, car Oscar lui prenait de plus en plus de temps. Dans la journée, il la voulait auprès de lui pour bavarder et lui tenir compagnie. Ils regardaient le feuilleton télévisé *As The World Turns* et faisaient des prédictions sur ce qui allait se passer ensuite, tout en désapprouvant presque à chaque fois les actions des « méchants ». Lorsque le *Mobile Press Register* arrivait vers quinze heures, elle le lui lisait à voix haute. Il essayait encore de faire mine d'y arriver seul, mais Zaddie lui ôtait invariablement le journal des mains et disait : « Monsieur Oscar, je ne vais pas vous laisser accaparer le journal. Moi aussi je veux savoir ce qu'il y a dedans. Alors restez tranquille et laissez-moi faire. Qu'est-ce que vous voulez que je lise en premier aujourd'hui, la une ou la rubrique nécrologique ? »

Ensemble, Oscar et Zaddie suivirent toute l'affaire du mouvement des droits civiques, dont le discours de Martin Luther King, avec la même passion que le soap opera de midi et demi.

« Monsieur Wallace est trop dur avec ton peuple, déclara Oscar. Tu ne crois pas qu'on devrait envoyer Sammy lui porter une lettre ou je ne sais quoi pour lui demander de calmer le jeu ?

— Écrivez la lettre, et je paierai pour l'essence de Sammy.

— Es-tu pour l'égalité, Zaddie ? demanda Oscar, avec un soupçon de sa courtoisie pompeuse d'antan.

— Égalité de quoi, Monsieur Oscar ? Avec qui ?

— Tu ne veux pas un meilleur salaire ? Ne plus avoir à payer pour aller voter ? Si tout ton peuple votait – imagine si tous les Sapp avaient le droit de vote ! –, vous pourriez prendre le pouvoir. Vous pourriez avoir un maire noir, ou un shérif noir, ou un je-ne-sais-qui-d'autre noir.

— J'imagine qu'on pourrait.

— Alors fais-le ! Si tu votais, ça pourrait être *toi*, le maire. Moi, je voterais pour toi. Elinor aussi. Miriam et Malcolm aussi. Je parie que tu pourrais être la première femme noire d'Alabama à devenir maire.

— J'en suis convaincue. Seulement, qui vous lirait le journal ?

— Ah ça, je n'en sais rien, Zaddie. Peut-être que tu ne devrais pas te présenter après tout. Qui sait ce que je deviendrais si je n'entendais pas la rubrique nécrologique tous les après-midi ? Peut-être que tu fais bien de renoncer à la politique. Mais tu sais quoi ? Dans mon testament, je te léguerai assez d'argent pour que tu puisses financer ta campagne et battre Monsieur Wallace. Je parie que tu pourrais aussi remettre de l'ordre dans les villes de Selma et de Sylacauga. »

Le soir après le dîner, Oscar s'installait dans le petit salon à l'étage, fermait la porte et allumait la radio, écoutant des retransmissions de matchs se déroulant dans des villes lointaines. Billy et Malcolm étaient généralement dans la maison voisine à regarder la télévision. Au rez-de-chaussée, Miriam et Elinor s'attardaient à table. Oscar appréciait de moins en moins la compagnie. Il n'y avait plus personne de son âge ou de sa génération, exceptée Elinor. James et Mary-Love étaient morts depuis longtemps, et c'est ainsi qu'il se les représentait. Du moins, ne s'attendait-il jamais à les voir passer la porte et lui demander quelque chose. Pour Queenie et Sister, c'était différent. Il se retrouvait souvent à tendre l'oreille en imaginant avoir entendu le rire aigu de Queenie depuis la véranda, ou bien les jérémiades sonores de Sister depuis la maison voisine. Il montait le volume de sa radio, comme si le bruit – plutôt que la mort – pouvait atténuer le son de leurs voix.

Ce n'est que tard la nuit, quand la lumière était éteinte et la chambre plongée dans le noir complet, et pas juste la pénombre de sa vue déclinante, qu'Oscar redevenait un peu celui qu'il avait été. Seule Elinor était l'heureux témoin de cette transformation nocturne. Tous deux parlaient une grande partie de la nuit, de leur famille, de ce que Lilah pouvait bien faire à New York, de la relation de Miriam et Malcolm, ou encore des prochains travaux d'aménagement à la ferme de Gavin Pond. Ils discutaient de la ville, de l'agrandissement du parking du supermarché *Piggy Wiggly*, de la quatrième institutrice qu'il faudrait bientôt recruter, et de la donation qu'ils devraient faire pour la réparation de l'horloge et des cloches de l'hôtel de ville. Ils échangeaient des commérages. Ceux d'Elinor lui venaient de la communauté blanche de Perdido. Quant à Oscar, c'est Zaddie qui, profitant des publicités pendant la diffusion de *As The World Turns*, le tenait informé des ragots de la communauté noire de la ville.

Tandis qu'ils étaient allongés dans leur lit, Oscar en général sur le dos et Elinor tournée vers lui, un bras posé sur sa poitrine, il parlait avec volubilité et sans tabou. Lorsque enfin le sommeil le prenait, il interrompait sa femme, ou s'interrompait lui-même d'un expéditif « Bonne nuit, Elinor », avant de s'endormir aussitôt.

Elinor ne refusa cette interruption qu'une seule fois, la nuit de Noël 1967, après qu'ils eurent tous passé la journée à Gavin Pond.

« Ne t'endors pas tout de suite, dit-elle. Il faut que je te parle.

— Je suis fatigué, Elinor. Qu'est-ce qu'il y a ? demanda-t-il avec impatience.

— Tes yeux. Ça te gênait aujourd'hui. Je l'ai vu.

— Tout le monde a dû le voir, Elinor, dit-il après un silence. Il faudrait être aussi aveugle que moi pour ne pas s'en rendre compte.

— Ça a empiré, n'est-ce pas ?

— Oui. Généralement ces choses ne vont pas en s'améliorant.

— Oscar, ce n'est pas la peine d'être désagréable.

— Dans ce cas, arrêtons de parler ça !

— Il le faut, répondit-elle en lui serrant le bras. Bientôt tu ne pourras plus rien voir. »

Oscar resta silencieux un moment, avant de répondre d'une voix grave :

« Tu te rappelles quand Sammy et moi sommes allés au Texas, il y a cinq ans ? J'avais dit que c'était pour tous les parcours de golf là-bas qu'il fallait que je voie au moins une fois avant de mourir.

— Oui, je m'en souviens.

— Eh bien, je n'y suis pas allé pour ça. Les golfs au Texas sont horribles, tout le monde sait ça. Donc, ce n'est pas pour cette raison que j'y suis allé. J'y suis allé pour voir un médecin de l'Hôpital Universitaire du Texas. Pendant la consultation, il m'a dit que je pouvais me faire opérer, mais qu'il y avait de fortes chances pour que j'en sorte totalement aveugle. Alors j'ai sauté dans la voiture et j'ai dit à Sammy de rentrer à la maison, que j'en avais assez. Je ne voulais pas te mentir, Elinor, c'est juste que je n'ai pas eu le cœur de t'en parler.

— J'étais au courant, Oscar.

— Comment ça ? demanda-t-il, surpris.

— Sammy a raconté à Zaddie qu'il t'avait emmené à hôpital quand vous étiez là-bas, et je lui ai demandé de me dire lequel. Je les ai appelés, et j'ai parlé au médecin que tu as rencontré. Il m'a tout raconté.

— Très bien. Je n'aimais pas t'avoir menti. »

Elinor le serra contre elle.

« Oscar, le jour où tu pourras me cacher quelque chose n'est pas encore arrivé.

— Je sais, ma chérie, je sais. Je peux dormir maintenant ?

— Non, répondit-elle en le repoussant légèrement. J'ai rappelé ce médecin la semaine dernière.

— Mais pourquoi as-tu fait une chose pareille ?

demanda-t-il, surpris cette fois-ci.

— Je lui ai dit que ton état avait empiré. Il a répondu que tu devrais retourner le voir. La situation a peut-être évolué.

— La situation *a* évolué. Elle est pire. Bien pire qu'il y a cinq ans. Elinor, est-ce que tu sais comme je redoutais d'aller là-bas ? Comme ça m'a coûté la première fois ? Je ne pense pas que je serais capable d'y retourner seul.

— Tu n'y retourneras pas seul. Je viens avec toi.

— C'est vrai ?

— Bien sûr que c'est vrai. Sammy et toi, vous vous mettrez à l'avant, et moi, je serai à l'arrière, avec tes matelas en plumes. Oscar, ajouta-t-elle en riant, que disent-ils quand tu arrives au *Hilton* avec une seule valise et un domestique chargé de cinq matelas ?

— Ils disent : "Voici les clés de votre suite, Monsieur Caskey." J'en réserve toujours une, comme ça ils se fichent de ce que je fais. J'imagine qu'ils ont l'habitude des vieux riches excentriques… Pauvre maman, soupira-t-il.

— Qu'est-ce que ta mère vient faire là ?

— Que dirait-elle si elle me voyait maintenant ? Un vieux plein aux as qui se fait balader dans tout le Sud par le fils de Luvadia Sapp dans une auto bourrée de matelas et d'oreillers. Maman n'a jamais été malade un seul jour de sa vie… du moins, pas jusqu'à sa mort. Que penserait-elle de moi, aveugle au point d'être effrayé de me lever de ma chaise si quelqu'un est dans la pièce ? Effrayé de me cogner dans quelque chose et qu'on découvre que je ne vois plus rien du tout.

— C'est la raison pour laquelle toi et moi, on va au Texas, chuchota Elinor.

— Ne me parle pas de ça, supplia Oscar. Contente-toi de tout organiser. Mais ne me dis pas quand ça se fera. Ne me préviens pas quand tu auras pris rendez-vous et réservé une suite à l'hôtel. Quand il sera temps de partir, dis-moi juste d'enfiler mon pantalon, pour aller faire un tour. Et pendant tout le trajet jusqu'au Texas, je prétendrai qu'on va à Pensacola pour le dîner. »

Il rit de sa faiblesse.

« C'est exactement ce que je ferai, le rassura Elinor. Bon, tu peux t'endormir maintenant. Cette séance de déballage de cadeaux a dû t'épuiser.

— J'ai demandé à Zaddie de rester près de moi pour qu'elle puisse me décrire les cadeaux que j'ouvrais. La seule fois où elle n'a rien eu à me dire, c'est quand j'ai ouvert celui de Tommy Lee… Ce fichu pyjama qu'il m'offre chaque année. Il se trompe à chaque fois. Ce garçon n'a pas la moindre… »

Il s'arrêta subitement.

« Qu'est-ce qui ne va pas ? demanda sa femme.

— Elinor, promets-moi quelque chose.

— Quoi ?

— Ne demande pas quoi. Promets.

— Je te promets Oscar. Tout ce que tu veux. De quoi s'agit-il ?

— Promets-moi que tu me laisseras mourir avant toi, dit-il. Promets-moi que tu ne m'obligeras pas à vivre seul dans cette vieille et grande maison. Laisse-moi mourir en premier. Promets-le-moi. »

Elinor pressa son visage contre l'épaule de son mari.

« Je te le promets, dit-elle sans hésiter, d'une voix qui rassura son époux. Je serai là pour prendre soin de toi aussi longtemps que tu vivras.

— Je ne sais pas ce que je ferais sans toi, dit Oscar d'un ton pragmatique, alors qu'ils étaient tous les deux couchés dans le noir. Je ne veux même pas essayer. »

Elinor garda le silence, mais se serra plus fort contre lui.

« Pourquoi es-tu venue ? demanda-t-il.

— Venue où ?

— Ici, à Perdido, répondit Oscar d'une voix pensive. Maman me posait toujours cette question : "Pourquoi Elinor est-elle venue à Perdido ?" Et je répondais toujours : "Maman, je me fiche de savoir pourquoi. Je suis juste heureux qu'elle l'ait fait."

— Mary-Love n'était pas du même avis, fit sèchement Elinor.

— Effectivement, admit Oscar. Elle pensait que tu étais venue exprès, exprès pour me prendre dans tes filets.

— Comment sais-tu que ce n'est pas le cas ?

— Alors c'est vrai ? demanda-t-il calmement. Tu es restée cachée à l'*Osceola* pendant trois jours…

— Quatre.

— … pendant quatre jours en attendant que Bray et moi, on vienne te sauver à bord de notre vieux canot vert ? Tu te souviens de ce vieux canot ?

— Oui.

— Alors, j'ai raison ? Tu étais couchée là, à attendre que je vienne, comme maman le disait ?

— Oscar, je n'ai jamais rien désiré d'autre au monde que toi, répondit évasivement Elinor.

— Tu voulais aussi être riche, et tu voulais une grande famille que tu puisses diriger. Tu voulais qu'on dîne tous avec nos plus beaux habits, et tu voulais… »

Elinor éclata de rire.

« Bien sûr que je voulais ces choses. Quelle femme un tant soit peu sensée ne les voudrait pas ? Mais rien de tout ça n'aurait eu de sens si tu n'avais pas été là.

— Et quand je serai mort ? demanda Oscar d'un ton léger. Quand tu te retrouveras seule… Parce que je te rappelle que tu viens de me promettre que je mourrai le premier… Toutes ces choses que je viens de citer, elles n'auront donc plus de sens une fois que je ne serai plus là ?

— Non, ce n'est pas ce que je dis. Tu sais, Oscar, je n'ai certainement pas l'intention de t'habiller dans ton cercueil, puis de le glisser aux côtés de Mary-Love, avant de tomber raide morte sur ta tombe. Mais une fois que tu seras mort, ces choses dont on a parlé se mettront à s'étioler. Et lorsqu'elles auront perdu toute saveur, à ce moment-là je mourrai.

— S'étioler… souffla Oscar. Mon Dieu, Elinor, on est si vieux !

— C'est ce qui arrive ici.

— Ici ?

— Sur la terre ferme, Oscar.

— Exactement. Ici, sur la terre ferme. Mais tu n'as pas répondu à ma question.

— Quelle question ?

— Celle de maman. Quand Bray et moi, nous naviguions dans les rues submergées de la ville et que nous sommes passés devant l'*Osceola*, tu étais assise au bord du lit dans ta chambre. Je t'ai vue. Tu sais, Elinor, j'ai pleuré le jour où ils ont démoli cet hôtel. J'ai pleuré parce que je me rappelle ce dimanche de Pâques où je t'ai sauvée dans cette chambre. Mais je me pose une question : est-ce que je t'ai réellement sauvée ? Ou bien attendais-tu ma venue ? Tout ça... cette maison, la scierie, la ferme de Gavin Pond, tous ces gens riches, si riches, qui nous entourent, les puits de pétrole, les actions, les quarante mille coffres-forts remplis de bijoux de Miriam et la horde de domestiques, puis toi et moi allongés ici dans le noir, Elinor... est-ce que j'en suis responsable parce que je t'ai sauvée de la crue, ou est-ce de ton fait parce que tu attendais que je vienne, comme maman l'a toujours prétendu ?

— Ta mère, dit Elinor se tournant sur le côté, s'éloignant d'Oscar, a toujours été persuadée qu'elle avait raison, et que le reste du monde avait tort. Eh bien, Oscar, il lui arrivait parfois de ne pas se tromper. »

LE PYJAMA D'OSCAR

Ainsi, sans en parler à Oscar, Elinor prit rendez-vous avec le médecin de l'Hôpital Universitaire du Texas, et, un jour de février, dit à son mari : « Oscar, enfile ton pantalon, on va faire un tour. » Pendant qu'il s'habillait, Zaddie et elle défirent le lit. Sammy et Malcolm prirent ses cinq matelas en plumes et ses quatre oreillers favoris, et les chargèrent comme ils purent à l'arrière de la Lincoln Continental, laissant à peine assez de place sur la banquette pour qu'Elinor puisse s'asseoir.

« On va simplement dîner à Pensacola, dit Oscar à Miriam et Malcolm, qui, comme Sammy leur avait soufflé de le faire, se tenaient debout sous leur porche. Mais ne nous attendez pas. »

Tous les quinze kilomètres, Oscar se tournait et demandait :

« Elinor, on est bientôt arrivés à Pensacola ?

— Bientôt, Oscar. Sammy, qu'est-ce qui est écrit sur ce panneau, là-bas ?

— Pensacola. Quinze kilomètres.

— Sois patient, Oscar, on y sera avant que tu t'en rendes compte. »

Ce jeu de dupes plaisait de toute évidence à Oscar, qui le poursuivit sans se lasser jusqu'au Texas. Elinor avait réservé la plus grande suite dans le meilleur hôtel de Houston. À leur arrivée, Sammy et trois grooms portèrent les matelas jusqu'à la chambre et les installèrent à la place de celui qui s'y trouvait déjà. Elinor fit elle-même le lit et informa les femmes de chambre qu'il en serait ainsi pendant tout leur séjour.

Oscar vit le médecin le lendemain, et celui-ci déclara que son état avait effectivement empiré. Une intervention chirurgicale serait encore plus délicate maintenant qu'elle ne l'était quelques années plus tôt, et les chances qu'il en sorte complètement aveugle plus élevées. Cependant, Oscar ne voyant quasiment déjà plus rien, l'opération ne représentait pas un si grand risque que ça.

« On va l'opérer », dit Elinor.

Oscar hocha la tête avec réticence.

L'intervention eut lieu la semaine suivante. Entretemps, Oscar, Elinor et Sammy séjournèrent à l'hôtel, tous trois malheureux d'être partis aussi longtemps de chez eux. Oscar fut opéré, et se réveilla totalement aveugle.

Les matelas reprirent leur place dans l'auto. Conduits par Sammy, Oscar et Elinor rentrèrent à Perdido.

« Elinor, je n'ai pas bien digéré ce dîner à Pensacola », fut le seul commentaire d'Oscar.

Alors qu'elle le guidait le long de l'allée de leur maison, Elinor dit à son mari : « On ne va pas pouvoir garder le secret. Tu le sais. »

Oscar acquiesça.

« Quand les gens me verront dévaler tête la première l'escalier de l'hôtel de ville, ils *sauront*. »

Il se trouve que la situation d'Oscar s'améliora. La cécité totale ne changeait presque rien à ce dont il s'était accommodé auparavant ; au moins, il n'avait plus à subir de démoralisantes baisses de sa vue. Désormais, il pouvait demander de l'aide sans se cacher. Et puis, il avait une excuse parfaite pour ne plus parler aux visiteurs. Il put mettre de côté ses subterfuges et ses esquives en même temps que ses lunettes à triple foyer : il n'en avait plus besoin. Il ne prenait plus ses repas dans la salle à manger, préférant rester dans le petit salon à l'étage en compagnie de Zaddie.

Elinor ne fit rien pour l'empêcher de se retirer dans son monde. Une semaine pouvait passer sans qu'il quitte sa chambre ou le petit salon. Le reste de la maison lui devint étranger. Se déplacer dans d'autres pièces relevait pour lui autant de l'aventure que d'aller à pied au *Ben Franklin* sans guide. Bientôt, l'extrémité du couloir de l'étage se mit à sentir son odeur exactement comme celle de Sister avait imprégné sa propre chambre. Quand il faisait beau, Zaddie le guidait jusqu'à sa voiture, à bord de laquelle Sammy lui faisait faire un tour en ville et au *Perdido Country Club*. Le jeune homme garait la Continental près du golf, et Oscar restait assis sans bouger à humer le gazon fraîchement tondu des greens et à écouter avec délectation le bruit des balles et les occasionnels jurons des joueurs. Ces derniers le saluaient lorsqu'ils passaient devant l'auto :

« Eh, Monsieur Caskey, vous ne voulez pas sortir de cet habitacle brûlant et nous rejoindre ?

— Qui me parle ? lançait Oscar en retour.

— Fred Jernigan et Roscoe.

— Fred, Roscoe, pas de problème, j'accepte de vous rejoindre si vous me promettez de jouer les yeux fermés.

— Promis ! », riaient Fred et Roscoe avant de passer au trou suivant.

Le soir, la présence de Billy le réconfortait, car celui-ci écoutait les retransmissions de matchs à ses côtés. Mais il manquait de patience avec les autres membres de la famille. Toujours accompagnée de Malcolm, Miriam passait parfois le voir quelques minutes pour le tenir au courant des affaires de la scierie. Oscar avait cependant perdu tout intérêt pour ça, et ne voulait des nouvelles que de Lilah : s'était-elle enfin mariée ? Voyait-elle du monde ? Voire un garçon en particulier ? Grace, Lucille et Tommy Lee venaient beaucoup plus rarement à Perdido à présent que Queenie était morte. Lorsque ça arrivait, ils ne manquaient jamais de venir saluer Oscar, mais ils n'avaient pas grand-chose à lui dire. Lors de l'une de ces visites, Oscar se tourna vers Tommy Lee et lui demanda :

« Dis-moi, Tommy Lee, est-ce que tu as une petite amie ?

—Ne lui parle pas de petite copine, Oscar, coupa sèchement Grace. Pas question qu'il se mette à ramener de parfaites étrangères, des filles pas convenables. Quand Tommy Lee voudra se marier, il viendra annoncer à ses mamans de la ferme qu'il est prêt, et Lucille et moi, on ira ratisser la campagne au peigne fin jusqu'à lui dégotter la bonne. Pas vrai, Tommy Lee ?

—Oui, Grace, acquiesça-t-il passivement.

—Tommy Lee pourra se marier quand on sera mortes, Grace et moi, renchérit Lucille avec suffisance. Pas la peine qu'il y pense avant. Tommy Lee est riche, ajouta-t-elle, bien que ce soit hors de propos. Il peut avoir toutes celles qu'il veut.

—Je ne veux personne, dit le jeune homme. Sauf peut-être Lilah.

—Eh bien, si Miriam a pu épouser Malcolm, il n'y a pas de raison pour que Lilah ne se marie pas avec toi.

—C'est ce que j'ai pensé, répondit Tommy Lee, qui avait une image assez correcte de lui et de ses capacités. Et c'est ce que je lui ai dit.

—Qu'a-t-elle répondu ? demanda Oscar.

—“Pas avant un million d'années.”

—Grace, tu devrais en parler à Miriam, suggéra Oscar. Peut-être qu'elle fera entendre raison à Lilah. Tommy Lee, si toi et Lilah, vous vous mariiez cette année, vous pourriez commencer à avoir des enfants avant que je meure.

—Je serais ravi de te faire ce plaisir, Oscar, dit Tommy Lee.

— Je préférerais que tu m'offres un bébé pour Noël plutôt que ces satanés pyjamas. »

Zaddie, qui lors de cet échange était restée assise en silence, indiqua d'un geste de la main qu'Oscar était fatigué. Grace, Lucille et Tommy Lee se levèrent aussitôt et prirent congé sans trop de cérémonie.

L'hiver 1968 fut particulièrement rude et humide dans le sud de l'Alabama. Tout le monde souffrait de la pluie glaciale, des vents tempétueux et des soirées froides et nuageuses, en espérant que la journée du lendemain serait chaude et dégagée. C'était rarement le cas. À Gavin Pond, Lucille se tracassait au sujet des pousses de variétés rares de camélias qu'elle avait plantées à l'automne. Chaque jour, elle les examinait avec soin. Chaque jour, son humeur s'assombrissait davantage en découvrant ces plantes si chères sur le point de mourir. Chaque jour pourtant, elle sortait sous la pluie, jetait des pelletées de terreau frais autour de leurs racines, les bâchait avec précaution et les protégeait à l'aide de petites clôtures. Vers la fin février, au moment où il était sûr que le beau temps allait revenir, ses efforts furent récompensés et les camélias commencèrent à redonner des signes de vie. Lucille, toutefois, dut garder le lit à cause de ce qui semblait être un rhume carabiné, qui dégénéra en pneumonie au bout d'une semaine. On l'emmena à l'hôpital du Sacré-Cœur à Pensacola. Grace, Tommy Lee et Elinor s'organisèrent pour qu'elle ne manque jamais de compagnie.

Oscar se plaignit à sa femme que plus personne ne s'occupait de lui.

« Laisse Grace ou Tommy Lee s'en charger. J'ai besoin de toi ici, Elinor.

— Grace a énormément de travail à la ferme. Et Tommy Lee a aussi des choses à faire. En plus, ça me fait plaisir d'y aller, et puis c'est mon devoir. Lucille se mettrait dans tous ses états s'il n'y avait personne auprès d'elle. D'ailleurs, je ne comprends pas que tu me dises que personne ne s'occupe de toi. Zaddie n'est-elle pas constamment à tes côtés quand je ne suis pas là ? De toute façon, les visites à l'hôpital sont interdites après vingt-trois heures, je peux donc être rentrée à la maison pour minuit. »

En réalité, les heures de visite étaient beaucoup plus restreintes, mais Lucille avait une chambre pour elle seule. En outre, la famille Caskey était bien connue dans la région. Personne ne voyait d'inconvénient à ce que ces visiteurs respectables dépassent l'horaire autorisé.

Lors des soirées qu'Elinor passait au chevet de Lucille, Oscar se sentait désemparé. La saison de football était terminée, et il n'aimait pas vraiment le basket, si bien que la radio ne lui était plus d'aucune utilité. Il boudait à cause de sa solitude et poussait même Miriam, Malcolm et Billy à sortir manger ailleurs. Puisque Elinor n'était pas là, autant être seul pour de bon. Zaddie lui apportait son dîner et restait à ses côtés pour le journal télévisé, mais Oscar la renvoyait avec son plateau sitôt qu'il avait fini de manger.

« Reviens préparer mon lit, Zaddie. Ce soir, je me sens las.

— C'est à cause de la pluie, Monsieur Oscar, dit-elle pour le réconforter. C'est pour ça que vous êtes tout le temps fatigué.

— C'est peut-être ça, répondit-il en écoutant le bruit des gouttes contre le rebord de la fenêtre du petit salon. Où sont-ils allés dîner ? Tu le sais ?

— Ils sont à la ferme, Monsieur Oscar. Tommy Lee a dû abattre des faisans.

— Pourtant, ce n'est pas encore la saison de la chasse. Ce garçon va s'attirer des ennuis, un de ces jours. Bref, ils nous ont laissés seuls. »

Zaddie ne descendit pas immédiatement à la cuisine, car Oscar semblait disposé à bavarder. Elle alla ouvrir son lit comme il l'aimait.

« C'était un fameux repas, Zaddie ! cria-t-il depuis le petit salon.

— Contente que ça vous ait plu.

— Ce soir, il n'y a que toi et moi, Zaddie. Toi et moi, et la pluie.

— Oui, Monsieur.

— Elinor m'a dit que cette année, les azalées étaient mortes d'avoir trop d'eau.

— Oui, Monsieur. Il n'y a pas beaucoup de survivantes.

— C'est triste. Elinor a toujours été fière de ses azalées. »

Zaddie revint dans le petit salon.

« Vous allez vous coucher tout de suite, Monsieur Oscar ?

— Oui. La pluie est en train de m'endormir.

— Moi aussi, Monsieur Oscar. Vous voulez de l'aide pour enfiler votre pyjama ?

— Ça va aller, merci. Tu peux redescendre. La fille Sapp est là pour t'aider à ranger ?

— Elle est là. Y en a même deux, elles regardent la télévision dans la cuisine.

— Très bien. Tu sais quoi, Zaddie ? Quand tu auras fini de nettoyer en bas, tu pourras remonter pour être sûre que je ne manque de rien ? »

Oscar ne voulait pas que Zaddie l'aide à se déshabiller – c'était trop humiliant. D'un autre côté, il avait presque toujours besoin d'Elinor pour l'aider à ôter ses chaussures, défaire sa ceinture et trouver son pyjama préféré. Il n'était pas certain d'y arriver seul.

« Vous avez besoin de lumière, Monsieur Oscar ? demanda Zaddie en prenant le plateau.

— Ça ne va pas beaucoup m'aider, Zaddie, répondit-il d'une voix lasse. Tu peux descendre maintenant.

— Je reviens bientôt pour voir si tout va bien, Monsieur Oscar. »

Elle le quitta, le laissant dans l'obscurité de l'étage. L'averse avait redoublé d'intensité au cours de la dernière demi-heure. Alors qu'il avançait à tâtons jusqu'à sa chambre, il passa devant la fenêtre ouverte et fut éclaboussé par la pluie. Il retira vivement son bras et serra sa manche trempée autour de son poignet. Il s'assit au bord du lit et ôta ses chaussures sans s'embarrasser d'en défaire les lacets. Il enleva ses chaussettes et s'attaqua à sa ceinture avec application. À son grand soulagement, il entendit bientôt la boucle céder. Il ôta son pantalon et son caleçon, puis les manchettes de sa chemise, laissant tomber les boutons par terre. Ce fut ensuite au tour de sa chemise et de son maillot de corps. Il traîna les pieds jusqu'à sa penderie, ouvrit l'un des tiroirs et tâtonna à la recherche de sous-vêtements propres, sans rien sentir d'autre que des paires de chaussettes. Il ouvrit le tiroir inférieur et trouva un pyjama. En l'enfilant, quelque chose dans sa texture et son odeur le convainquit qu'il ne s'agissait pas de l'un des deux auxquels il était habitué. Il retourna à petits pas jusqu'au lit et y grimpa, tirant les couvertures sous son menton. Excepté le pyjama qui lui était inconnu, il était satisfait. Elinor avait fait son lit ce matin-là exactement comme il l'aimait, et Zaddie l'avait bien ouvert, disposant les oreillers à la perfection.

La soirée n'était pas encore avancée, mais comme le battement de la pluie contre la fenêtre l'empêchait d'entendre Zaddie et les filles Sapp dans la cuisine – ainsi qu'il les entendait d'ordinaire –, il avait l'impression qu'il était déjà tard. Si ce n'était ce fichu pyjama, il se serait immédiatement endormi. C'était sans doute celui que Tommy Lee lui avait offert à Noël. Ce garçon, songea à nouveau Oscar, lui offrait toujours un pyjama, mais jamais comme il les aimait. Il se demanda combien de ces affreux pyjamas avaient brûlé dans l'incendie de la maison de James. Sûrement des centaines. De pleins tiroirs, de pleines malles de pyjamas encore enveloppés dans leur plastique auquel s'accrochaient encore des résidus de papier cadeau, d'adhésif et de ruban.

Pourtant, même la sensation inhabituelle du mauvais pyjama ne réussit pas à vaincre l'effet soporifique de la pluie, si bien qu'Oscar tomba bientôt dans un profond sommeil.

Il se réveilla en pleine nuit – il n'aurait su dire combien de temps il avait dormi. Il pleuvait toujours. La maison paraissait vide ; Elinor n'était pas à ses côtés. Il poussa un soupir, souhaitant ne pas être allé se coucher aussi tôt. Il se demanda si Zaddie était remontée le voir. Il ignorait l'heure qu'il était. L'un des problèmes de la cécité était qu'on ne savait jamais l'heure. On perdait la capacité à évaluer le passage du temps grâce aux changements de lumière. En outre, le pyjama le gênait encore plus. Les pyjamas devraient être en coton, et rien d'autre, pensa-t-il. Ce n'était de toute évidence pas le cas de celui-ci ; à cause de lui, Oscar serait incapable de se rendormir. Plus il y pensait, plus il savait qu'il allait être obligé de sortir du lit pour en trouver un correct, un cent pour cent coton, qui avait déjà été porté et n'était pas amidonné. Allongé à se demander s'il devrait se relever ou attendre encore un peu, il crut percevoir des voix sous le crépitement des gouttes. Elinor était peut-être rentrée et discutait en bas avec Zaddie. Mais la pluie tombait trop bruyamment pour qu'il soit sûr que ses oreilles ne lui jouaient pas un tour.

« Elinor ! », appela-t-il. Sa voix lui parut étouffée et sourde dans l'atmosphère pesante. Sa femme ne l'aurait pas entendu même si elle s'était trouvée dans la pièce à côté. « Elinor ! », appela-t-il à nouveau, plus fort cette fois.

Il crut entendre une voix lui répondre. Mais il ne put déterminer d'où elle venait, ni ce qu'elle disait. C'était la pluie qui, battant les rebords des fenêtres et dégoulinant des vitres et des plinthes, l'empêchait de savoir qui se trouvait dans la maison.

Immobile, aux aguets, il en oublia son pyjama, l'oreille tendue vers cette voix. Il avait beau écarquiller les yeux, les ouvrir en grand, il ne voyait rien.

Oscar !

Son prénom. Il avait entendu son prénom. La personne qui l'avait appelé, qui qu'elle soit, se trouvait à l'étage, pas dans sa chambre mais dans le couloir. Sans doute au bout, près de la chambre d'ami.

« Elinor ? », dit-il d'une voix faible, sachant que ce n'était ni elle ni Zaddie.

La voix ne répondit pas. Oscar essaya de se la remémorer, de recréer en esprit, par-dessus le tambourinement de gouttes, le timbre exact des deux syllabes familières afin de savoir qui l'appelait depuis la chambre d'ami. « Billy », songea-t-il d'abord. Billy pouvait avoir traversé l'étroit couloir qui menait de sa chambre à la chambre d'ami, ouvert la porte et appelé. Mais ce n'était pas sa voix. Billy prononçait son prénom différemment.

« Qui est-ce ? », demanda Oscar en repoussant ses couvertures.

C'était peut-être Miriam, ou Malcolm, ou même Grace, pensa-t-il fiévreusement. Mais que diable faisaient-ils là-bas ? Personne ne s'aventurait plus dans ce coin de la maison. N'était-ce pas étrange comme on se fixait des trajectoires définies dans une maison dont le nombre d'occupants s'était réduit ? Il y avait trois chambres en haut, à l'avant de la maison, que personne n'utilisait plus. Oscar avait même entendu Zaddie dire qu'elle n'y faisait pas les lits, car les draps se couvriraient de moisissure avant que quiconque y dorme à nouveau.

Oscar se leva avec précaution. Le sol était froid, presque humide sous ses pieds nus. Il fit quelques pas en direction du petit salon, se figeant de douleur lorsqu'il marcha sur l'un de ses boutons de manchette. Il l'écarta d'un coup de pied et poursuivit sa route, agitant les bras devant lui. L'air était glacial. Zaddie aurait dû fermer davantage de fenêtres, songea-t-il. Il s'arrêta quand il sentit la porte, s'agrippant à l'encadrement, puis il se pencha un peu et écouta. Il n'entendit rien, à part l'averse. Même si la pièce ne comportait qu'une petite fenêtre, le bruit de la pluie semblait plus fort que dans sa chambre. S'il fermait toutes les fenêtres, il pourrait peut-être entendre la voix l'appeler de nouveau, cependant il doutait de ses capacités à se diriger dans le noir sans buter contre les meubles. Mais puisqu'il était allé aussi loin, autant sortir dans le couloir.

Une fois dehors, il écouta attentivement. La pluie martelait la fenêtre de l'escalier à sa gauche. Sous le crépitement, Oscar crut déceler autre chose – un pas traînant, un mouvement furtif, un chuchotement. On aurait dit que cela venait de l'avant de la maison… de la chambre d'ami.

« Elinor ? », répéta-t-il, non parce qu'il pensait que sa femme était rentrée, mais parce qu'il aurait souhaité qu'elle soit à ses côtés. Il traversa le couloir, faisant courir sa main sur le papier peint frais pour se guider, et avança vers la chambre d'ami. Les chuchotements et bruits furtifs se turent, et il n'entendit rien d'autre que l'infatigable martèlement qui battait la maison.

« Qui est-ce ?! dit-il d'une voix forte. Qui est là ? »

Arrivé devant la porte de la chambre, il pressa l'oreille contre le battant. Une rafale souffla la pluie contre le vitrail au bout du couloir, avant de reprendre un battement régulier.

Oscar frappa.

« Qui est là ? », appela-t-il.

Il y eut du mouvement à l'intérieur, comme si une ou plusieurs personnes s'étaient soudain mises à bouger.

« Qui est là ? », dit-il à nouveau.

Il posa sa main droite contre le battant et l'y fit glisser jusqu'à trouver la poignée. Il s'apprêtait à la tourner quand il entendit une nouvelle fois son nom.

Oscar !

« Maman ?! Maman, c'est toi ? »

Il ouvrit.

« Maman ? »

Oscar !

C'est lui ? C'est lui ? dit une seconde voix, aiguë et impatiente, avec un léger zézaiement. La voix d'un petit garçon.

À droite, la voix de sa mère. Oscar avança dans sa direction. N'ayant plus aucun souvenir de la disposition des meubles dans la pièce, il craignait de se cogner. « Maman, si c'est toi, réponds. » Il entendit grincer les ressorts du lit, comme si on s'était assis dessus. Encore des grincements, mais différents, semblèrent indiquer qu'on venait de s'y allonger.

C'est lui ? C'est lui ? répéta la voix fluette.

Oui, répondit l'autre depuis le lit.

Oscar perçut un léger bruissement vers le sol. Des petits bras – ceux d'un enfant – le saisirent soudain par les cuisses. Les bras étaient mouillés, et l'humidité imprégna aussitôt le tissu de son pyjama. Oscar lutta pour garder l'équilibre, mais finit par basculer en avant. Par chance, le lit l'empêcha de tomber. Il tendit les bras vers ces ténèbres, et quelque chose lui attrapa le poignet. La main qui le retenait était elle aussi mouillée et glissante ; ses ongles s'enfoncèrent dans la chair d'Oscar.

Au même moment, l'enfant le poussa pour le faire chuter.

Celui-là. Celui-là, siffla-t-il.

Oscar se débattit. Il parvint à libérer sa main, puis se retourna et prit appui sur le bord du lit. Agitant les bras devant lui, il saisit l'enfant. Le petit garçon le lacéra vicieusement de ses ongles.

« Mais qui êtes-vous ?! », cria Oscar, serrant fermement le garçon contre lui. Celui-ci était trempé, et il empestait. Oscar reçut en plein visage une bouffée putride de la Perdido.

John Robert, dit la voix dans son dos.

Oscar sentit le matelas bouger. Qui que ce soit qui se trouvait derrière lui, venait de se redresser. On le saisit.

« John Robert DeBordenave... », murmura Oscar, relâchant soudain l'enfant.

Le nom lui était revenu sans qu'il ait à le chercher, sans même qu'il se souvienne que cet enfant avait existé, et sans qu'il soit capable de se rappeler ce qu'il était devenu. Il entendit le garçon se précipiter au fond de la pièce. Quelque part, un meuble se renversa. Oscar entendit le bois se fendre.

John Robert était mort. Il s'était noyé dans la rivière. Oscar s'en souvenait à présent. Mais s'il était mort et qu'il était pourtant dans la chambre, alors il était possible que sa mère, Mary-Love, qui était morte elle aussi, soit là. Il saisit les mains qui lui empoignaient le torse et tourna la tête par-dessus son épaule. « Maman ? fit-il. Maman, c'est toi ? Ne me serre pas si fort, tu me fais mal ! »

Mais Mary-Love, s'il s'agissait bien d'elle, ne relâcha pas son étreinte. Au contraire, elle serra Oscar encore plus fort, jusqu'à ce qu'il ne puisse plus respirer. Pendant ce temps, John Robert continuait à s'acharner sur le meuble qu'il avait renversé.

La pluie martelait les fenêtres de la chambre, et Oscar eut l'impression d'être plongé dans la Perdido, tant l'odeur de la rivière était forte et entêtante. D'abord, il remarqua à peine que John Robert s'était mis à lui frapper les jambes avec un bout de bois. La douleur survint quand le garçon tourna la planche et qu'un clou qui en dépassait – tordu et rouillé, mais pointu – fut enfoncé encore et encore dans ses jambes, déchirant sa peau aussi facilement qu'il déchirait son pyjama.

« Maman, supplia Oscar, qu'il arrête. Fais-le arrêter. Moi, je ne peux pas. Je suis aveugle. Maman… »

Oscar pouvait se tromper. Ce n'était peut-être pas Mary-Love. Mais qui que ce fût, elle n'arrêta pas John Robert. Au contraire, elle poussa soudain Oscar qui tomba par terre. John Robert se rua sur lui et le frappa à la poitrine et aux épaules avec la planche, enfonçant le clou dans les chairs d'Oscar avec une monotonie sauvage.

Oscar gisait au sol, tremblant. Puis il ne bougea plus. Il entendit la voix de sa mère, lente et mélancolique.

Ce n'est pas contre toi, Oscar. Mais contre Elinor.

« Maman ? plaida-t-il faiblement. Maman, j'ai perdu mes yeux… »

La planche cloutée se déplaça impitoyablement en direction de son visage.

Les yeux, fit la voix de Mary-Love en écho. *John Robert, les yeux.*

« Maman… »

Ce fut son dernier mot. John Robert DeBordenave leva le pied de table et lui asséna un ultime coup. Le clou perça l'œil d'Oscar, faisant éclater le globe oculaire et déchirant le nerf optique, pour finir par s'enfoncer de cinq centimètres dans son cerveau.

BRUITS DE PAS

Ce fut Elinor qui découvrit le cadavre d'Oscar. Elle qui compta ses plaies, elle qui extirpa le clou logé dans son crâne et persuada Leo Benquith, à la retraite et sénile, de signer le certificat de décès sans même examiner son vieil ami. Ce fut elle encore qui prépara le corps raidi pour l'enterrement et qui, aidée de Zaddie, le plaça dans le cercueil. La ville s'indigna d'un tel traitement, mais Elinor déclara : « Oscar m'avait fait promettre de tout prendre en charge seule. » Aucun des autres membres de la famille ne protesta : Elinor avait ses raisons, il était sans doute avisé de ne pas y regarder de trop près.

Elle donna les meubles de la chambre et du petit salon – ceux-là mêmes qu'Oscar et elle avaient acquis à leur mariage – à Escue Welles et Luvadia Sapp à la ferme de Gavin Pond. Tous les vêtements d'Oscar ainsi que les draps furent distribués aux pauvres par l'entremise de l'église méthodiste de Baptist Bottom. « Ces pièces sont imprégnées de son odeur, dit Elinor à Zaddie. Je ne veux pas sentir sa présence chaque fois que j'irai me coucher. Je ne veux pas me souvenir de lui de cette façon. Je pense déjà suffisamment à lui. »

Une rumeur disait que la mort d'Oscar n'était pas naturelle. Néanmoins, il semblait hautement improbable qu'on l'ait assassiné. Excepté Zaddie, personne ne se trouvait dans la maison cette nuit-là, or le dévouement de celle-ci pour Oscar, depuis qu'il avait perdu la vue, était reconnu et loué à l'unanimité. Sa loyauté de toujours envers la famille la plaçait au-dessus de tout soupçon. Puisque Leo Benquith, tenu par le secret professionnel, ne révélerait rien, même pour attester que le défunt avait succombé d'une crise cardiaque – ainsi qu'il était écrit dans le certificat de décès –, la ville en déduisit qu'il s'était suicidé, déprimé suite à l'échec de son opération de la cataracte. On prétendait que la note d'adieu qu'il avait laissée à Elinor se trouvait désormais dans un coffre-fort à Mobile. Un suicide expliquait par ailleurs le mystère entourant la très discrète mise en bière du corps.

Oscar s'était à ce point isolé du reste de la famille ces dernières années, que sa mort n'affecta réellement qu'Elinor, Zaddie et Sammy. Seuls eux avaient eu de vrais contacts avec lui au cours des deux ans qui venaient de s'écouler. Le pauvre Sammy craignit de devoir rendre son uniforme pour retourner à Gavin Pond. Comme tant de Sapp avant lui, il préférait de loin la vie urbaine. Elinor le garda à son service ; selon elle, une femme dans sa position se devait d'avoir un chauffeur.

Perdido scruta attentivement Elinor. Le comportement d'une veuve est toujours un sujet d'intérêt et de commérages; qui plus est, Elinor Caskey n'était pas une femme ordinaire. En ville, on remarqua un certain nombre de choses: en premier lieu qu'elle ne pleura pas lors des funérailles. Après la cérémonie, elle ne porta pas le noir ni ne parut changer quoi que ce soit à sa routine ou à ses habitudes. Elle continua de vivre comme lorsque son mari était là. Au cours des cinquante années ou presque de leur mariage, chacun des époux avait paru entièrement dévoué à l'autre. Perdido en conclut peu charitablement que leur union, en particulier dans les derniers temps, avait été une imposture. Elinor et Oscar étaient restés ensemble uniquement par commodité, car une rupture aurait désavantagé financièrement la famille. La ville était convaincue qu'avec l'âge, ils s'étaient éloignés l'un de l'autre. La cécité d'Oscar avait fini par exaspérer Elinor, et il avait reculé devant le manque d'empathie de sa femme.

Elinor ne mentionnait jamais Oscar, même devant les siens. Elle ne commit jamais la maladresse que font tant de gens qui ont perdu un être cher de parler de lui comme s'il était encore là. Tous les matins, après que les lits avaient été faits, Sammy conduisait Elinor et Zaddie au cimetière. Cette dernière sortait de la voiture et allait déposer des fleurs fraîches sur la tombe d'Oscar. Il y avait quelque chose de tellement froid et formel dans ce rituel – Elinor ne quittant jamais l'auto, ne baissant même pas la vitre – que Perdido décida qu'il s'agissait d'une mise en scène aussi factice que le deuil d'Elinor. Parmi les habitants qui ne résidaient en ville que depuis vingt ou trente ans, on racontait que l'épouse et la bonne avaient éliminé le vieux Caskey pour l'héritage.

La naissance même de cette rumeur était révélatrice des changements qui étaient survenus au sein du clan Caskey ; que ces derniers n'aient jamais eu vent de ladite rumeur était révélateur de l'évolution des relations entre la famille et les citoyens. Perdido s'était développée et enrichie. Ceux qui avaient acheté des terrains après la découverte du pétrole roulaient désormais sur l'or. Les propriétaires des différents commerces profitaient de cette opulence nouvelle. L'argent qui jaillissait tant et plus des entrailles de la terre et des centaines de puits se déversait sur Perdido, au point que la ville paraissait s'y noyer.

Sous la direction de Miriam, la scierie Caskey se développa davantage, mais ce n'était plus la petite entreprise locale de jadis. À présent, les employés venaient de tous horizons : chaque matin, ils faisaient le trajet depuis Brewton, Jay et parfois même d'aussi loin que Bay Minette. La scierie tournait vingt-quatre heures sur vingt-quatre grâce à trois roulements d'équipes. Les seuls jours de fermeture étaient le dimanche et les jours fériés. Bien entendu, un grand nombre d'habitants de Perdido y travaillaient encore, ou bien gagnaient indirectement leur vie grâce à elle ; mais la scierie n'était plus essentielle à leur prospérité. La ville était à présent toujours pleine d'étrangers, de personnes qui n'avaient pas de véritable intérêt pour elle.

Les Caskey, bien sûr, étaient riches – beaucoup plus que ce que quiconque imaginait, car ils n'étalaient pas ostensiblement leur fortune. La maison la plus récente de la propriété était celle d'Elinor, or elle avait été bâtie cinquante ans plus tôt. Les nouveaux riches, eux, avaient fait construire d'immenses demeures en périphérie, avec garage à trois places, piscine et court de tennis comme autant d'indicateurs de leur prospérité. Un médecin s'était même acheté un avion, pour lequel il avait fait construire une piste d'atterrissage juste à côté de chez lui pour que tous puissent bien la voir. Les nouveaux riches avaient des villas avec vue sur mer à Destin, et allaient tous les ans à Disneyland et Acapulco. Ils dînaient chaque soir à Pensacola et envoyaient leurs fils à l'école militaire en Caroline du Nord ou en Virginie. Les filles restaient à la maison et portaient des appareils dentaires pendant trois ans. Les Caskey continuaient à vivre dans leurs maisons vétustes pleines de leurs vieux meubles, et se livraient aux mêmes activités que toujours. Il était de notoriété publique qu'ils s'étaient laissé dépasser par Perdido.

La mort de Queenie avait mis un terme aux parties de bridge du lundi après-midi ; Elinor n'avait apparemment pas envie de jouer avec les femmes plus jeunes qui avaient repris le club. Après la mort d'Oscar, elle ne renouvela pas non plus sa carte de membre du *Perdido Country Club*. Mais le changement le plus radical fut que les Caskey désertèrent les bancs de l'église. Elinor commença par ne plus y aller, puis ce fut au tour de Billy de rester à la maison – soi-disant pour lui tenir compagnie. Miriam annonça alors : « Maman, puisque tu n'y vas pas, moi non plus. Ça fera une occasion en moins de devoir bien s'habiller. Et puis je pourrai m'avancer. » Malcolm n'aurait jamais songé à rien faire sans son épouse, si bien qu'aucun d'eux n'assista plus à l'office dominical. Elinor continua à se rendre à l'église une fois par an. Par discrétion, elle ne se montrait jamais sous son porche ou en ville durant les heures de messe ou de catéchisme. Perdido jasa fort longuement sur l'apparente apostasie de la famille, pour en conclure qu'Elinor et Oscar avaient dû se disputer pendant des décennies au sujet de l'observance religieuse.

Miriam et Malcolm voyageaient pour affaires encore plus souvent qu'avant. Au cours des dix dernières années, Miriam avait recruté plusieurs sous-directeurs à qui elle déléguait la majeure partie des affaires courantes de la scierie, se réservant les dossiers les plus complexes, personnels et excitants, notamment ceux qui concernaient les investissements et la négociation. À une époque, elle s'était énormément appuyée sur Billy. Lorsqu'elle rencontrait des cadres réticents à traiter avec une femme, son beau-frère lui servait de soutien. Désormais, sa réputation la précédait, et même quand ce n'était pas le cas, elle avait acquis suffisamment de doigté pour se sortir de n'importe quelle situation. Lorsqu'elle croisait l'un de ces hommes qui refusaient de la prendre au sérieux parce qu'elle était une femme, elle se contentait de hausser les épaules et de quitter la pièce au beau milieu de la discussion, le laissant découvrir quelle grossière et fatale erreur il avait commise. Elle était assez riche pour agir ainsi. Elle aimait travailler seule, tandis que Billy préférait rester auprès d'Elinor. Il quitta son bureau en ville et convertit deux des chambres à l'étage pour son propre usage.

Plus jeune, Billy avait rêvé de plusieurs types d'existence, mais pas de celle-ci. Il n'aurait jamais choisi de s'installer à Perdido. Il n'aimait pas les petites villes, leur préférant des endroits comme Houston ou la Nouvelle-Orléans. Il n'aimait pas l'odeur de la rivière. Il n'avait pas d'amis à Perdido. Et voilà qu'il se retrouvait à vivre dans une vieille maison aux côtés d'une belle-mère elle-même vieillissante, à se lever à sept heures chaque matin pour prendre un petit déjeuner formel dans la salle à manger, avant de se retirer dans son bureau climatisé à l'étage, où il traitait son courrier du matin et discutait au téléphone avec Miriam à la scierie, des courtiers en bourse à New York, et des cadres dans le commerce du pétrole au Texas. Une secrétaire venait à midi pour taper ses lettres à la machine, et tandis qu'elle travaillait, il déjeunait avec Elinor, Miriam et Malcolm. Après le déjeuner, Elinor et lui s'asseyaient dans la véranda et bavardaient jusqu'à ce que la secrétaire ait fini son travail. Alors il retournait s'enfermer dans son bureau. Il dînait généralement en tête à tête avec Elinor dans un faste silencieux et satisfait. Le soir, il regardait la télévision ou écoutait les retransmissions des matchs à la radio – seule possession d'Oscar qu'Elinor ait conservée. Il se couchait de bonne heure, non par fatigue, mais parce qu'il n'y avait rien d'autre à faire.

Il était très riche à présent, plus qu'il ne l'aurait jamais cru possible. Il avait hérité de la fortune de Frances et de celle de son père, puis il y avait l'argent qu'il avait lui-même gagné. Il n'en faisait rien.

Il n'allait jamais nulle part, n'achetait jamais rien. C'est Elinor qui lui disait : « Billy, il est temps de t'acheter un nouveau costume. » Sammy les conduisait alors Elinor et lui à Mobile, où elle lui choisissait trois ou quatre tenues qu'elle réglait elle-même. Plus jeune, Billy imaginait qu'il aurait une famille : une femme et trois enfants – deux garçons et une fille. Certes, il s'était marié, mais son épouse était morte et il vivait à présent avec sa belle-mère veuve. Il avait eu une fille, mais celle-ci lui avait été ravie. Lilah ne l'appelait même plus « papa ». Il ne la voyait qu'une fois par an, et seulement quand elle daignait rentrer pour Noël.

Tous ses rêves de jeune homme – ce qu'il obtiendrait, aurait et serait – n'étaient que des moyens pour parvenir à ses fins. Et cette finalité, c'était le bonheur. Les choses ne s'étaient pas déroulées comme prévu, loin de là, pourtant il était raisonnablement heureux. Il craignait de se leurrer, de garder intentionnellement les yeux fermés pour clamer haut et fort que les barreaux de sa prison n'existaient pas. Peut-être existaient-ils bel et bien : c'était la maison, c'était Elinor, c'était le verger de pacaniers de l'autre côté de la route, c'étaient la digue et la rivière qui coulait derrière, Miriam et ses incessantes requêtes au téléphone d'un côté, et la forêt de pins sombres de l'autre. Mais si ces barreaux existaient bel et bien, il ne les voyait pas. Sincèrement, il ne se sentait pas prisonnier ; et si c'était le cas, il faut croire que l'emprisonnement lui procurait un certain plaisir.

Désormais, il y avait de fortes chances pour qu'il veille sur Elinor jusqu'à son lit de mort, car il n'avait que quarante-sept ans et elle en avait probablement soixante-quatorze ou soixante-quinze. C'était parfois avec cette pensée en tête, et nulle autre, qu'il levait les yeux de son assiette et balayait du regard l'étendue blanche de la nappe jusqu'à l'extrémité opposée où se tenait sa belle-mère, droite et majestueuse, la lueur des bougies faisant miroiter les rangées de perles noires à son cou.

Quelques années plus tôt, Oscar avait fait installer un système de climatisation dans la maison. Les deux modules externes, fixés sous la fenêtre de la chambre de Zaddie, émettaient leur vrombissement sonore d'avril à octobre. Parce qu'il avait le sang chaud, Oscar avait maintenu une température presque fraîche dans la maison. Elinor, Billy et Zaddie s'y étaient tellement habitués qu'ils n'avaient pas remonté le thermostat après sa mort. Par conséquent, Billy se couchait toujours sous d'épaisses couvertures et, en été, il s'endormait bercé par le souffle frais. Ajouté au vrombissement des modules externes, il ne percevait rien des mille petits bruits nocturnes de la vieille demeure. Ou presque. Une nuit d'insomnie, comme il en était coutumier, il se rendit compte que son ouïe s'était affinée. Il entendait les bruits *sous* l'air conditionné : craquements, grincements de meubles et tintements de la vaisselle dans les placards.

Certaines nuits, néanmoins, les bruits différaient de ces sons occasionnels. Quelquefois, Billy croyait entendre l'une des portes extérieures s'ouvrir avec un chuintement mouillé, comme si Zaddie avait jeté un œil dehors, peut-être pour regarder si la lune s'était levée, puis laissé la porte doucement se refermer. D'autres nuits, c'étaient comme des pas dans l'escalier. Billy savait qu'une marche en particulier grinçait, à droite en montant; c'est elle qu'il entendait parfois. Peut-être était-ce Zaddie qui allait à la fenêtre sur le palier pour contempler les étoiles. Billy ne se levait jamais pour vérifier. Une fois au lit, il n'en bougeait plus. Même quand il faisait un cauchemar et s'éveillait suant et tremblant, ses pieds restaient indéfectiblement pointés vers le bouquet de violettes peint sur le cadre de lit, ses mains posées sur les draps soigneusement lissés. Souvent, il se réveillait de ces mauvais rêves le front couvert de sueur froide.

Par les nuits pluvieuses, les gouttes qui frappaient les fenêtres masquaient les autres bruits. Pourtant, comme si ce qui provoquait ces rumeurs s'enhardissait de cette couverture, pas, craquements et chuintements se faisaient moins furtifs. Billy scrutait la porte du petit couloir qui conduisait à la chambre d'ami. Ou bien il fixait la fenêtre aux fins rideaux qui donnait sur la véranda. Il tendait l'oreille, surtout par ces nuits d'averses, et croyait percevoir des voix dans la maison – des chuchotements, des rires bas, de petits couinements étouffés.

Billy s'y était habitué, de même qu'il s'était fait à sa vie étriquée. Il n'en parla pas à Elinor ou à Zaddie. L'une d'elles recevait peut-être des amis en secret; ou alors elles bavardaient jusque tard dans la nuit, au sujet d'Oscar et de tous ceux qu'elles avaient vu mourir. Quiconque se déplaçait avec autant de précaution dans la maison ne souhaitait pas que Billy découvre sa présence. Par délicatesse, celui-ci se refusait à être indiscret.

Un matin, juste après l'aube, il fit l'un de ses pires cauchemars. Il eut si peur qu'il préféra se réveiller plutôt que de poursuivre son rêve. Il en oublia aussitôt le déroulé, bien qu'il sache que c'était un cauchemar récurrent. Il resta immobile dans son lit, la transpiration salée qui coulait de son front lui picotant les yeux. Il tourna la tête et examina la porte du passage étroit. C'est ce qu'il faisait chaque matin, il ignorait pourquoi, mais il était toujours soulagé de la découvrir fermée – quoiqu'il n'ait aucune idée de qui pourrait bien l'ouvrir, ou de pourquoi elle s'entrebâillerait toute seule. Il regarda ensuite dans l'autre direction, vers la lumière du matin qui filtrait à travers les rideaux. Il percevait vaguement les meubles verts de la véranda, une vision elle aussi réconfortante. Il sortit du lit pour aller à la salle de bains, fit sa toilette et se rasa en silence. Il s'était levé une heure plus tôt que d'ordinaire et ne voulait pas déranger Elinor, qui dormait de l'autre côté du couloir. Il s'habilla et sortit de sa chambre avec l'intention de descendre à la cuisine pour quémander une tasse de café à Zaddie. Il se demanda s'il lui faudrait la réveiller.

Non seulement elle était debout, mais Billy la trouva agenouillée dans l'escalier sous la grande fenêtre du palier, en train de nettoyer ce qui semblait être une flaque d'eau.

Il descendit silencieusement les marches.

« Bonjour Zaddie. Que s'est-il passé ?

— J'ai renversé un verre d'eau », répondit-elle, manifestement embarrassée.

Bien que ne la croyant pas, il ne dit rien. Zaddie n'aimait pas mentir ; le mensonge se voyait sur son visage. Mais même si son visage avait exprimé la sérénité menteuse d'une Saphire, il aurait su qu'aucun verre n'avait été renversé à cet endroit. Alors qu'il continuait à descendre, l'odeur boueuse de la Perdido l'assaillit.

Il ne dit toujours rien, mais nota que toutes les marches étaient humides. C'est donc que Zaddie venait de finir de passer la serpillière dans *tout* l'escalier.

Billy tut l'incident pendant si longtemps qu'il avait l'impression que son silence même sur la question gagnait en consistance dans cette maison apathique. Elinor n'avait jamais rien dit à propos des bruits nocturnes. Zaddie non plus. Mais tous les matins, toutes les deux examinaient Billy comme si elles se demandaient si ce matin-là, il allait en parler. Comme il n'en faisait rien, elles semblaient le regarder d'une manière qui indiquait qu'elles approuvaient sa décision. C'est du moins ainsi que Billy interprétait leurs regards – une interprétation, pensait-il, qui avait toutes les chances de n'être que le fruit de son imagination.

Pourtant, comme s'ils avaient été rassurés par son silence, les bruits se firent moins discrets, plus forts. À présent, derrière l'air conditionné et la pluie, Billy entendait clairement des pas – des pas qui gravissaient l'escalier et s'engouffraient directement dans la chambre d'Elinor, ou qui s'arrêtaient d'abord devant sa propre chambre. Billy restait étendu sans bouger dans son lit, pensant courageusement : « Entre. Entre. » Mais les pas poursuivaient toujours leur chemin. Il y avait parfois d'autres pas, différents ceux-là, hésitants et maladroits, qui ne faisaient jamais halte devant sa chambre. Ensuite s'élevaient les voix. Il discernait celle d'Elinor à présent – c'était facile. La suivante était plus difficile à identifier. Ce n'était pas celle de Zaddie, il en était certain. Pourtant, elle lui était familière. À vrai dire, on aurait dit celle de Frances. Mais puisqu'elle était morte, ce devait être quelqu'un dont la voix lui faisait penser à son épouse noyée. Il ne voyait pas qui, et ça le tracassait. La troisième voix ne ressemblait à rien qu'il ait jamais entendu auparavant. Parfois, c'était un bêlement rauque, parfois, une sorte de chant – un chant qui n'était ni joyeux, ni mélancolique, ni solennel, ni patriotique, ni quoi que ce soit qu'il avait l'habitude d'associer au chant.

Billy n'enquêta jamais sur ces phénomènes, pas plus qu'il ne tenta d'en découvrir la source. Cela regardait Elinor, pressentait-il, et il ne voulait pas faire intrusion dans son intimité. Même quand il se réveillait plus tôt que d'habitude, il restait au lit. Il ne sortait pas de sa chambre, ne souhaitant pas surprendre à nouveau Zaddie en plein nettoyage dans l'escalier. Il ne tendit aucun piège, ne fit pas de commentaires ou de sous-entendus. Il ne fit même pas mine de paraître curieux ou perplexe. Mais tous les jours, sa curiosité et sa perplexité s'accroissaient.

On éteignit la climatisation un jour d'octobre, et Billy alla se coucher en se demandant si les bruits se feraient entendre cette nuit-là. Ce ne fut pas le cas, et il en fut déçu. Il dormit à peine, si bien qu'Elinor et Zaddie s'étonnèrent le lendemain de sa mauvaise mine. « C'est parce que l'air conditionné était éteint, répondit-il mollement. Il faut croire que ça me berce. »

La nuit suivante, il se réjouit d'entendre à nouveau les pas, puis les deux voix : celle d'Elinor et celle qui lui rappelait tant Frances qu'il ne pouvait imaginer qu'elle appartienne à quelqu'un d'autre. Environ une semaine plus tard, le second visiteur revint lui aussi ; Billy entendit distinctement les pas maladroits dans l'escalier, le bêlement rauque et étouffé dans le couloir, et plus tard dans la nuit, le chant haut perché. L'oreille tendue, il essaya de se représenter qui pouvait chanter ainsi : une mélodie interminable, vagabonde et hypnotique dont les accents, la tonalité et le rythme lui étaient totalement inconnus.

L'automne s'en fut, cédant la place à l'hiver, et Elinor fit poser de la moquette dans l'escalier. Presque tous les matins, Billy la trouvait humide en descendant prendre son petit déjeuner. Elinor lui demandait sans cesse :

« Tu as bien dormi cette nuit ?

— Très bien, répondait-il invariablement. J'ai rêvé de Frances. J'ai rêvé qu'elle venait nous voir. »

Une nuit pluvieuse de février 1969, Billy était au lit sans dormir. Il avait perçu les bruits de pas peu de temps après s'être couché, et il en voulait à la pluie de l'empêcher d'entendre autre chose qu'ici et là un rire ou un bêlement fêlé. Alors qu'il sombrait dans le sommeil, le chant s'éleva, plus fort que d'ordinaire. On aurait dit qu'il suivait le rythme de la pluie en contrepoint, si bien que Billy distinguait chaque croche de sa mélodie vagabonde. Il écouta, transporté de joie, avec stupeur ensuite lorsqu'une deuxième voix se joignit au chant, d'abord en cadence, puis à la façon d'un canon. Sa stupeur se fit émerveillement lorsqu'une troisième voix entra dans le chant. C'était celle d'Elinor. Elle chantait comme jamais Billy, ni personne à Perdido, ne l'avait encore entendue chanter. Les trois voix – « féminines, mais pas humaines », songea Billy – poursuivirent ainsi pendant plus d'une heure, aussi longtemps que dura la pluie. Quand celle-ci diminua, les voix aussi. Et quand l'eau ne tomba plus qu'une goutte après l'autre des avant-toits, le chant cessa tout à fait. Billy avait depuis longtemps perdu l'habitude de prier, mais là il implora les nuages de revenir, qu'ils s'abattent au-dessus de la maison dans l'espoir que les voix se remettent à chanter. Mais les nuages avaient dérivé loin de Perdido, et la maison demeurait silencieuse, à l'exception des *plic ploc* tombant du toit. Billy ne dormait pas ; il luttait contre le sommeil, attendant que les pas quittent la chambre d'Elinor. Enfin, lorsque l'aube commença à poindre, son attente fut récompensée. La porte d'Elinor s'ouvrit doucement, et il entendit les pas avancer dans le couloir. Cependant, au lieu de se diriger directement vers l'escalier, ils s'arrêtèrent devant sa porte.

« Voilà qui est nouveau », pensa Billy avec excitation.

Ses yeux étaient à présent aussi affûtés que ses oreilles, aussi voyait-il assez distinctement dans la chambre obscurcie. La poignée tourna lentement, projetant un faible éclat dans ses yeux.

La porte s'entrebâilla en silence.

Il ferma les yeux. Qui que ce puisse être, il s'attendait à le trouver endormi. Billy n'aurait pas plus trahi sa présence qu'il n'aurait demandé à Elinor qui elle recevait chaque nuit.

Il avait beau faire semblant de dormir, il ne pouvait s'empêcher de sourire.

Tu vois ? chuchota la voix qui était celle de Frances – mais ne pouvait être la sienne puisqu'elle était morte noyée dans les eaux noires de la Perdido. *Tu vois, Nerita ? C'est ton papa.*

MADAME WOSKOBOINIKOW

Au printemps 1969, Lilah obtint son diplôme haut la main à Barnard. Si elle n'avait pas constamment tenu tête à son professeur durant sa dernière année, elle aurait probablement reçu les félicitations du jury en plus de sa mention. Les Caskey se demandèrent si elle allait revenir à Perdido, mais personne n'osa lui poser la question. Ils le découvriraient bien assez vite ; d'autant qu'elle leur répondrait sans doute qu'elle n'en avait aucune idée, par pure perversité. Elle ne rentra à la maison qu'une seule fois cet été-là, en août, seulement le temps d'assurer à sa famille qu'elle n'avait pas pris part aux manifestations étudiantes qui avaient eu lieu le printemps précédent.

« Je ne reste qu'une semaine, dit-elle à la table du déjeuner dominical autour de laquelle tous les Caskey s'étaient rassemblés pour fêter son retour. Donc, n'allez pas accepter des invitations pour moi ni quoi que ce soit de ce genre. »

Elinor, Billy, Miriam et Malcolm échangèrent des regards en biais, mais personne ne dit rien pendant un moment. Grace et Lucille gardèrent le silence :

elles désapprouvaient qu'on ait toujours permis à la jeune femme de n'en faire qu'à sa guise. Tommy Lee avait simplement l'air gêné. Enfin, Malcolm lança, peu sûr de lui :

« Ah, Lilah...

— Oui ? », répondit-elle de manière vive et presque sauvage.

Assumant la lourde responsabilité de lui poser « la » question, Malcolm réfléchit à la meilleure façon d'amener les choses afin qu'elle ne se mette pas en colère, avant d'opter pour une extrême délicatesse.

« Si tu décides de changer de numéro de téléphone, tu pourrais m'envoyer le nouveau par courrier... Juste au cas où il y aurait une urgence ou quoi que ce soit. »

Lilah hocha la tête, et tout le monde fut soulagé. De toute évidence, la finesse de Malcolm l'avait amadouée.

« En fait, dit-elle, radoucie, j'ai *déjà* changé de numéro. Je te le donnerai avant de partir. »

S'éclaircissant la gorge, Billy demanda :

« Lilah, tu as quitté ton appartement ou seulement changé de numéro ?

— Pourquoi je changerais de numéro à moins d'avoir déménagé ? », rétorqua-t-elle sèchement.

Son père haussa les épaules, comme pour indiquer que rien de ce que sa fille faisait ne pouvait l'étonner.

« Je me suis installée deux rues plus loin, poursuivit Lilah à contrecœur, comme si sa famille cherchait à lui extorquer son secret le plus intime et le mieux gardé.

— C'est plus grand ? demanda Miriam.

— Oui… dit prudemment Lilah. Oui, c'est plus grand.

— À quel étage es-tu ? Plus haut ou plus bas ? », fit Elinor. Auparavant, la jeune femme habitait au vingt-et-unième étage.

Lilah ne répondit pas tout de suite. Lançant un regard à la tablée, elle fit claquer sa langue, soupira et lâcha sa serviette sur ses genoux, avant de répondre :

« Bon, autant vous le dire…

— Nous dire quoi ? fit précipitamment Tommy Lee.

— … parce que, d'une façon ou d'une autre, vous réussirez à me tirer les vers du nez avant mon départ. Et puis, si j'en parle maintenant, peut-être que vous me ficherez la paix.

— Qu'est-ce qui se passe, ma chérie ? demanda Malcolm.

— Deux choses. D'abord, je reste à New York. Je ne vais pas revenir ici.

— On s'en est douté, dit Grace d'un ton sec, quand tu as dit que tu déménageais deux rues plus loin.

— La raison pour laquelle je reste, c'est que je commence une formation en droit à l'automne. Toujours à Columbia. »

Les Caskey prirent un instant pour réfléchir à la nouvelle, puis ils félicitèrent la jeune femme. C'était une sage décision, pensaient-ils. Elle aurait pu faire tant de choix déraisonnables.

« Un type de droit en particulier ? demanda Billy.

— Je ne sais pas encore. Probablement du droit fiscal.

— Bien, dit Miriam. Dans ce cas, tu pourras nous

aider. Chaque année, Billy et moi on est obligés de faire appel à ces incompétents d'Atlanta.

— Peut-être que je vous aiderai... répondit Lilah, ou peut-être pas. Peut-être qu'après tout, je n'étudierai pas le droit fiscal. »

Il s'ensuivit une discussion à propos de la fiscalité et des avocats en général, à laquelle Lilah ne participa pas. Quand finalement il y eut un silence, elle reprit la parole, exaspérée.

« Alors, personne ne veut connaître l'autre nouvelle ?

— On pensait que c'était ça les nouvelles, s'étonna Lucille. Que tu restais à New York et que tu intégrais une école de droit.

— C'était juste la première, répondit Lilah avec humeur. Elles ne comptaient que pour une.

— Quoi d'autre, alors ? », demanda Tommy Lee.

Lilah jeta un coup d'œil à la ronde pour s'assurer qu'elle avait l'attention de tous.

« Bon, je ne veux surtout pas que vous me sautiez dessus », prévint-elle.

Personne ne dit rien, ce qui équivalait à la promesse de ne pas la contrarier quelle que soit l'annonce.

« Je me suis mariée la semaine dernière. Jeudi. »

Tout le monde garda le silence, en partie à cause de la surprise, en partie car ils avaient promis de ne pas exprimer de mécontentement. Elle aurait difficilement pu les choquer davantage.

Fouillant exagérément la pièce des yeux, Grace finit par dire :

« Il est là ? Tu l'as ramené ?

— Non, répondit fermement la jeune femme.

— Tu aurais pu, dit Miriam. Il y a largement assez de place.

— Il n'a pas voulu venir. Pourtant je lui ai demandé.

— Pourquoi n'a-t-il pas voulu venir ? demanda Billy.

— Il déteste l'Alabama. Il est venu ici en soixante-quatre et en soixante-cinq pour le mouvement des droits civiques. Il s'est fait tabasser par la police et jeter en prison à Selma. Il dit qu'il ne remettra plus jamais les pieds en Alabama.

— Ce jeune homme, il s'appelle comment ? s'enquit Lucille.

— Michael.

— Et son nom de famille ? demanda Miriam.

— Woskoboinikow. »

Tous à table la dévisagèrent, le regard vide. Lilah répéta le nom très lentement.

« *Wosko*... rime avec *Roscoe*. *Boi*... comme *boy*. *Nikow*... se prononce *nikov*. Compris ? Woskoboinikow. Facile. C'est polonais. Lui ne l'est pas. Mais son grand-père, si, j'imagine. Il vient de Cleveland. Donc maintenant je suis Lilah Woskoboinikow. J'ai déjà fait réimprimer mes carnets de chèques. Vous voulez les voir ? Ils sont dans mon sac.

— Que fait-il dans la vie ? demanda Billy. Maintenant qu'il est sorti de prison ?

— Il est physicien des plasmas. C'est un scientifique », expliqua-t-elle lorsqu'on lui retourna à nouveau un regard vide.

Les Caskey secouèrent la tête. C'était du Lilah tout craché : se marier sans prévenir avec un homme

portant un nom jamais entendu jusque-là, impossible à prononcer et à épeler, dont le métier consistait en quelque chose dont personne ne connaissait rien, et qui en outre refusait catégoriquement de mettre les pieds en Alabama.

« On aura quand même le droit de le rencontrer ? demanda Miriam.

— Si vous venez à New York.

— Je peux te poser une question ? poursuivit sa tante.

— Quoi ?

— Est-ce que Michael sait combien d'argent tu as ?

— Moi, je n'ai rien, lui rappela Lilah.

— Est-ce que Michael sait combien d'argent *nous* avons ? insista Miriam.

— Je lui ai dit. Mais je ne crois pas qu'il se rende vraiment compte. Michael ne connaît rien à tout ça. C'est moi qui gère ses finances depuis un an. Je ne pense pas qu'il y accorde beaucoup d'importance. »

Les Caskey poussèrent un soupir. Une fois le choc passé, chacun pensa qu'ils auraient dû se douter que les choses se dérouleraient exactement de cette manière.

Tommy Lee, en tant que nouvel assistant de Miriam sur les questions relatives aux activités pétrolières des Caskey, avait gagné en importance non seulement à ses propres yeux, mais aussi à ceux des siens et de toute la communauté. C'était devenu un bon parti. Il n'était pas séduisant, et il était en surpoids, mais il était gentil, de bonne composition… et extrêmement riche. Or, Tommy Lee ne montrait aucun intérêt pour les trente ou quarante mille jeunes filles à marier des comtés de Baldwin, en Alabama, et d'Escambia, en Floride. Ce qu'il aimait, c'était rester à la maison avec Lucille et Grace. Ses passe-temps favoris restaient la chasse et la pêche et, à l'occasion, de faire gentiment la fête avec les ouvriers qui travaillaient sur les puits dans le marais au sud de la ferme. La vérité, qu'aucun des membres de la famille n'ignorait, c'était qu'il aimait désespérément Lilah. Il était amoureux d'elle depuis le jour où il avait emménagé chez sa grand-mère, dans la maison d'à côté. Il avait été cruellement déçu qu'elle n'intègre pas l'université d'Auburn ; il était à présent fou de douleur qu'elle se soit mariée à un homme au nom imprononçable. Il n'avait pas dit un mot lorsque Lilah avait fait son annonce à table, mais sur le chemin du retour vers Gavin Pond, alors qu'ils traversaient la campagne nocturne et déserte, il s'était penché en avant, le menton posé sur le siège entre Grace et Lucille, et avait remarqué d'une voix triste :

« J'aurais pu dire que ça allait se passer comme ça.

— Comment tu aurais pu savoir ? demanda Lucille. Personne ne pouvait le prédire.

— Moi, j'aurais pu. Si seulement je n'avais pas été aussi bête. Mais je voulais croire qu'un jour Lilah reviendrait vivre ici.

— Tu es déçu, c'est ça ? soupira Grace.

— Oui, admit-il.

— Ne le sois pas. Regarde la façon dont Lilah traite

les gens. Je n'aurais jamais cru dire ça de quelqu'un un jour, mais Lilah Machin-truc-kov est plus teigne que Miriam ne l'a jamais été. Je parie que tu voulais l'épouser.

—Je l'aurais épousée dans la minute si elle avait voulu de moi.

—Et tu aurais été malheureux toute ta vie, dit Lucille. Elle t'aurait mené par le bout du nez.

—Je sais, répondit Tommy Lee avec mélancolie.

—Tu sais ce que je pense ? dit Grace.

—Quoi ?

—Je pense que tu devrais parler à Lilah et lui dire ce que tu ressens.

—À quoi bon ? J'ai eu l'occasion de le faire, mais je n'ai rien dit. Maintenant, c'est trop tard.

—Au contraire, c'est le moment parfait, objecta Grace. C'est trop tard pour qu'elle accepte. Mais toi, tu seras soulagé. Je te connais, Tommy Lee. À moins que tu lui avoues tes sentiments, tu vas porter ce fardeau pendant des siècles, comme un coffre-fort de deux tonnes sur tes épaules.

—Grace a raison, approuva sa mère.

—Fais demi-tour, dit Tommy Lee en se redressant vigoureusement sur la banquette. Retourne à Perdido, que je le fasse maintenant. »

Cependant, Grace poursuivit la route à travers Babylon, en direction de la ferme.

« Vas-y demain, conseilla-t-elle. Fais-le en plein jour. »

Ainsi, Tommy Lee retourna à Perdido le lendemain matin, arrivant avant même que Lilah ne soit levée.

Melva venait de lui apporter son petit déjeuner sur un plateau, que Lilah prenait assise dans son lit. Tommy Lee frappa à la porte ouverte. Tout en beurrant une tartine, Lilah répondit :

« Miriam est déjà partie à la scierie. Et je ne sais pas où est Malcolm.

— C'est toi que je suis venu voir, dit le jeune homme.

— Alors entre et viens t'asseoir ici. »

Elle leva la tête et lui sourit. Lilah était belle, c'était la plus belle fille que Tommy Lee ait jamais vue – et il était sorti une fois avec la reine du bal d'Auburn. Le sourire de Lilah était radieux ; elle ne l'avait encore jamais accueilli aussi chaleureusement.

« Qu'est-ce que tu fais ? demanda-t-il maladroitement.

— Je mange mon gruau de maïs. Tu sais qu'on n'en trouve nulle part à New York ?

— Non, je veux dire, qu'est-ce que tu fais à Perdido ? Si tu t'es mariée la semaine dernière, pourquoi tu n'es pas en voyage de noces ?

— Michael n'a pas pu prendre de congés. On ira dans les Caraïbes cet hiver. Et puis ça m'est égal. Je déteste ces bêtises.

— Quelles bêtises ?

— Ce truc du mariage, répondit Lilah. C'est pour ça que je n'en ai parlé à personne. Je ne voulais pas qu'on organise quoi que ce soit. Nous sommes allés à l'hôtel de ville. C'était très impersonnel », ajouta-t-elle avec quelque chose qui ressemblait à une pointe de fierté.

Tommy Lee s'agita sur le lit, manquant de renverser le plateau de Lilah.

« Tu es gros comme une maison, remarqua la jeune femme. Si tu n'arrêtes pas de bouger, je te ferai asseoir sur la chaise.

— Tu m'as manqué tout le temps que tu étais là-bas.

— Toi aussi, tu m'as manqué, répondit-elle en soufflant sur son café pour le refroidir.

— C'est vrai ?

— Bien sûr, sinon je ne le dirais pas. Par exemple, Grace et Lucille ne m'ont pas manqué. Mais toi, si. »

Il garda le silence un moment, ne sachant pas trop comment poursuivre. Melva remonta pour s'assurer que Lilah ne manquait de rien, et celle-ci lui demanda d'apporter un second plateau pour Tommy Lee.

« J'ai déjà petit-déjeuné à la ferme, protesta-t-il.

— Tu ne t'en es jamais tenu à un seul petit déjeuner en dix ans, dit Lilah. Prends-en un autre, tu me tiendras compagnie.

— Tu veux être avocate, c'est ça ? demanda Tommy Lee, repoussant l'inéluctable.

— J'ai l'intention de faire fortune, fit-elle avec véhémence.

— Pourquoi ?

— Comment ça, "pourquoi" ? Tout le monde veut avoir beaucoup d'argent.

— Mais tu en as déjà beaucoup.

— Pas à mon nom.

— Si tu en veux, tu n'as qu'à demander. Parles-en à la première personne de la famille que tu croises, et elle te fera immédiatement un chèque d'un million de dollars, j'en suis persuadé.

— Je le suis aussi, répondit-elle doucement. Mais tu me connais, Tommy Lee. Tu sais que je ne m'abaisserai jamais à demander quoi que ce soit. »

Le garçon haussa les épaules.

« C'est vrai. »

Melva apporta le plateau avec le second petit déjeuner et Tommy Lee alla s'installer dans un large fauteuil. Une fois la domestique partie, il poursuivit : « Lilah, tu veux que je te signe un chèque, quelque chose d'important ? Je serais ravi de le faire, tu le sais. Et puis ça resterait entre nous. Personne n'en saurait jamais rien. »

Lilah leva la tête, réfléchissant à la proposition.

« Tommy Lee, dit-elle, est-ce que ça te ferait plaisir de payer mes études de droit ?

— Évidemment !

— Alors c'est entendu. N'en parle à personne, d'accord ?

— Promis. Mais tu sais, ils vont s'en rendre compte.

— Je sais. Mais je ne veux pas que ce soit toi qui le leur dises. »

Ils mangèrent un instant en silence, puis Tommy Lee demanda :

« Tu sais quoi ?

— Quoi ?

— J'espérais vraiment que tu rentres à Perdido.

— Eh bien, me voilà.

— Je veux dire, pour de bon. Tu sais pourquoi ?

— Pourquoi ?

—Parce que alors, je t'aurais demandée en mariage.

—Je sais.

—Tu le sais ?!

—Bien sûr, Tommy Lee. N'importe quel idiot en ville le sait, et je ne suis pas idiote.

—Alors, tu aurais refusé ? »

Lilah prit le temps de réfléchir.

« Peut-être. Peut-être pas. »

Elle marqua à nouveau une pause.

« J'aurais probablement dit non.

—Pourquoi ? demanda le garçon, plus par curiosité que par dépit.

—Parce que t'épouser c'est ce que tout le monde aurait voulu. Ce que tout le monde attendait. En faisant ça, je reproduisais le schéma de Miriam et Malcolm. Et je ne voulais pas. Je ne pense pas qu'on aurait été malheureux, toi et moi. C'est seulement que je n'ai aucune intention de rester ici à faire ce qu'on attend de moi.

—Donc, tu as épousé ce gars à la place ?

—Exactement.

—Est-ce qu'il est aussi intelligent que toi, Lilah ?

—Non. Il n'est même pas aussi intelligent que toi, en tout cas pas pour ce qui concerne les choses pratiques. Mais Michael s'y connaît très bien en physique des plasmas. Je suppose qu'un jour il sera reconnu dans son domaine. Et puis, il fait ce que je lui dis de faire.

—J'imagine qu'il n'a pas vraiment le choix. »

Ils restèrent silencieux un moment, puis Lilah envoya Tommy Lee chercher du café à la cuisine.

Lorsqu'il revint, elle avait mis son plateau de côté et balayé les miettes de pain sur la couverture du revers de la main. Se redressant dans son lit, elle commença à se brosser les cheveux.

« Allez, ne fais pas la tête, dit-elle.

— À propos de quoi ? demanda-t-il en remplissant la tasse qu'elle avait posée sur sa table de chevet.

— Parce que je ne t'épouse pas.

— Je ne fais pas la tête. Je te l'ai dit, je suis seulement déçu. Et triste. Mais je ne fais pas la tête.

— Je vais te confier quelque chose, dit-elle soudain. Mais je ne te le dirai que si tu me promets de garder ça pour toi et toi seul… Pas un mot à Grace, ou Lucille, ou Miriam, ou Elinor. À personne.

— Je te le promets, dit-il d'un ton solennel. Tu veux que je ferme la porte ?

— Il n'y a personne pour nous entendre, répondit-elle, écartant la suggestion. Je veux que tu fasses quelque chose pour moi.

— Tout ce que tu veux.

— Je veux que tu sois intelligent.

— Euh, je ne suis pas sûr…

— Je veux que tu apprennes tout ce qu'il y a à savoir sur ces fichus puits de pétrole et sur tout ce qui rapporte autant d'argent à cette famille.

— Pas de problème.

— Puis, je veux que tu viennes nous voir Michael et moi à New York, et que tu me racontes tout ce que tu auras appris sur le sujet, compris ?

— C'est d'accord. »

Lilah sourit. Magnanime, elle consentit à expliquer :

« Il y a bien un moment où je vais hériter quelque chose de quelqu'un. Peut-être que ce sera de papa, ou bien de Miriam, ou d'Elinor, qui sait ? Et donc, je serai riche. Mais je serai aussi avocate. Personne n'est au courant, mais à Columbia j'ai obtenu un diplôme en commerce.

— En commerce ?!

— Chut ! J'ai dit à tout le monde que j'étudiais la littérature, mais en réalité je faisais du commerce. » Sa brosse s'emmêla dans une longue mèche de cheveux, et elle se tut le temps de la libérer. « Ce que j'ai l'intention de faire, c'est de revenir ici un jour – *un jour*, Tommy Lee, ne va pas te faire de faux espoirs –, et que toi et moi, on leur montre à tous ce dont on est capables. On aura de l'argent à ne plus savoir qu'en faire.

— C'est déjà le cas, fit-il remarquer.

— Eh bien, on en aura cinq fois plus. Et ça, on va l'accomplir ensemble, toi et moi.

— Tu songes déjà à divorcer ? », demanda-t-il innocemment.

Lilah agita la brosse dans sa direction d'un geste de menace.

« Tu commences à poser trop de questions, Tommy Lee Burgess. »

CHAMPAGNE

Elinor annonça qu'elle voulait donner une petite fête en l'honneur de Lilah avant que celle-ci ne reparte à New York, afin de célébrer son mariage avec le mystérieux docteur Michael Woskoboinikow. La jeune femme accepta de mauvaise grâce, seulement parce qu'elle avait de l'affection et du respect pour sa grand-mère.

« Je ne veux pas qu'il y ait trop de gens, prévintelle. Pas question que cinq cents personnes me harcèlent de questions stupides sur New York.

— Il n'y aura que la famille, la rassura Elinor. Puisque Michael n'est pas là, on ne peut pas se permettre d'inviter des gens de l'extérieur. Ça ferait trop jaser.

— Ça sera simplement un dîner entre nous ? demanda-t-elle, soulagée.

— Oui. Mais juste un peu plus formel que d'habitude. Si tu n'en as pas ramené, demande à Miriam de te prêter des bijoux. »

Elinor avait prévu ce dîner pour la veille du départ de Lilah. Billy, Malcolm et Tommy Lee achetèrent pour l'occasion une veste de costume noire, et Grace et Lucille rapportèrent de nouvelles robes de Pensacola. Le repas se ferait avec le service de mariage en porcelaine de Mary-Love, les plus beaux verres en cristal ciselé d'Elinor, et certaines pièces de l'argenterie de James qui avaient été mises de côté avant l'incendie de sa maison.

Pour on ne sait quelle raison, il y eut quelque chose de mélancolique dans les préparatifs. Peut-être était-ce le soin excessif avec lequel Elinor organisa l'événement, chipotant sur le moindre détail alors que ça ne lui ressemblait guère. Elle envoya Malcolm à la Nouvelle-Orléans acheter une nouvelle nappe et fit venir un fleuriste de Mobile pour la disposition des bouquets. Zaddie, Luvadia et Melva, chargées du service, reçurent chacune un nouvel uniforme gris.

« Elinor, demanda Billy, curieux de la méticulosité des préparatifs, vous organisez donc quelque chose de spécial ?

— Non, répondit-elle au bout d'un moment. C'est que nous n'avons pas pu offrir à Lilah un mariage digne de ce nom… »

Le vendredi soir arriva, et la famille – du moins, ce qu'il en restait – se réunit chez Elinor. Malcolm vint en premier et sortit les ustensiles nécessaires à la préparation des cocktails, ces tâches lui ayant été assignées depuis longtemps. Billy descendit ensuite afin de lui tenir compagnie. Puis Lucille, Grace et Tommy Lee arrivèrent à bord de leur Cadillac, dont ils ne se servaient quasiment jamais. Lucille, mal à l'aise dans son corset neuf, et Grace, hésitante sur ses chaussures à talons, montèrent les marches du porche au moment où Elinor descendait à son tour. Miriam et Lilah, duo étrange traversant la cour de sable dans le resplendissant crépuscule du Sud, firent leur apparition en dernier ; Miriam en velours mauve et diamants, Lilah en soie verte et émeraude.

Elles gravirent les marches et traversèrent le porche. Miriam frappa doucement à la moustiquaire. Zaddie, vêtue de son uniforme neuf et amidonné, leur ouvrit.

« Bonsoir, Mademoiselle Miriam. Bonsoir, Mademoiselle Lilah.

— Bonsoir, Zaddie, dit Miriam. Tout le monde est là ?

— Tout le monde, sauf vous. Vous êtes toutes les deux très belles ce soir.

— Merci », répondit simplement Lilah, rougissant du compliment.

Puis Zaddie ouvrit les portes du grand salon, dans lequel Miriam entra directement en lançant : « Malcolm, tu m'as préparé un verre ? »

Lilah s'attarda un instant derrière Zaddie, puis, rassemblant son courage – ou se rendant peut-être compte que le courage ne devrait pas être de mise au sein de sa propre famille –, elle entra dans la pièce et s'assit sur le canapé à côté de Tommy Lee.

Zaddie et Luvadia apportèrent alors deux seaux à champagne. Malcolm ouvrit les bouteilles et servit les convives.

À la demande d'Elinor, Zaddie et Luvadia revinrent accompagnées de Melva, et les trois femmes se tinrent à la porte. On leur offrit également une coupe.

« Je porte le premier toast à Lilah, déclara Elinor qui se tenait dos à la fenêtre, à l'endroit même où Miriam se rappelait avoir vu Mary-Love dans son cercueil. Elle est, du moins pour le moment, la dernière des Caskey. Les toasts suivants seront à la mémoire de ceux qui nous ont quittés. Cette soirée leur est autant dédiée qu'à Lilah, dont on célèbre le mariage. Lilah, j'espère que ça ne te dérange pas. »

La jeune femme fit non de la tête et sourit.

« Pas du tout, dit-elle doucement. Au contraire. »

La pièce était seulement éclairée par les bougies des chandeliers. Était-ce grâce à cette lumière tamisée que Lilah paraissait soudain changée, adoucie ?

Souriant, Elinor poursuivit : « Je porte un toast à Oscar, dit-elle très simplement. À l'exception de Billy et Zaddie, je ne sais pas si vous vous êtes rendu compte à quel point il me manque, et comme la maison paraît vide sans lui. Chaque fois que j'entends sa radio à l'étage, je dois m'empêcher d'espérer que c'est lui assis dans son fauteuil, qui change de station d'un match à un autre. Je suis obligée de me rappeler que ce n'est pas lui mais Billy. Mary-Love avait pour habitude de dire que si j'étais venue à Perdido, c'était uniquement pour prendre son fils dans mes filets. Elle a toujours prétendu que j'avais attendu qu'il passe – lui et personne d'autre – sous les fenêtres de l'*Osceola* pendant la crue de 1919. »

Elle sourit.

« Mary-Love avait raison. C'est pourquoi je porte ce toast à la mémoire d'Oscar. »

Elle leva sa coupe. Chacun l'imita, et but son

champagne. Malcolm passait discrètement entre les convives, remplissant les verres en silence.

« Le prochain toast est pour Sister, poursuivit Elinor, que nous aimions, et que Miriam aimait plus que tout. Pauvre Sister ! Elle n'a jamais été autorisée à faire quoi que ce soit par elle-même, à posséder ou ressentir quoi que ce soit qui n'appartienne qu'à elle. Elle a toujours aimé et détesté par esprit de contradiction. Elle s'est battue toute sa vie, et je crois qu'aucun de nous n'a jamais compris combien ces combats étaient difficiles. Plus que quiconque, Sister a sondé les racines de cette famille parce que, de nous tous, c'était elle la plus désespérée. Elle s'est battue avec plus d'acharnement ; et lorsqu'elle a changé – à la fin de sa vie –, elle a changé plus qu'aucun d'entre nous ne l'aurait cru possible. Elle est devenue la copie conforme de Mary-Love, celle qu'elle détestait le plus, celle qu'elle aimait le plus. Elle a été malheureuse jusqu'au désespoir, et si elle revenait aujourd'hui parmi nous, si elle avait la chance d'entrer dans cette pièce et de tout revivre à nouveau, je sais pourtant qu'elle dirait : "Je ne veux rien changer." À Sister, qui me manque énormément. »

Elinor leva son verre, suivie par tous les autres, qui finirent à nouveau leur champagne.

« J'aimerais porter encore un toast. Un dernier, poursuivit-elle. À la mémoire de James, de Queenie et de Mary-Love. Ils étaient vos parents, vos tantes, votre oncle. Pas les miens. Je me les rappelle différemment. D'abord, j'ai été la seule capable de lutter contre Mary-Love. Je suis également la seule à être sortie *victorieuse* de l'une de ces batailles. Je ne dirai pas qu'elle me manque. Miriam, je ne te mentirai pas, même à ce sujet. Je me tiens à la place exacte où était son corps. Elle est morte dans la chambre juste au-dessus de cette pièce. À l'époque, je n'ai pas ressenti de tristesse, et c'est encore le cas aujourd'hui. Je sais à quel point elle a rendu Oscar malheureux. Je sais ce qu'elle a fait à Sister. Et, Miriam – tu ne vas pas aimer ce que je vais dire –, je sais ce qu'elle t'a fait. »

Raide sur sa chaise, Miriam la fixait sans protester.

« Parfois, je me demande si je n'ai pas fait une terrible erreur en te donnant à Mary-Love, poursuivit Elinor. Elle et moi avons combattu avec violence – plus que ce que vous pourriez imaginer – pendant que toi, Miriam, tu étais prise au milieu. »

Elinor marqua une pause, comme dans l'attente que sa fille prenne la parole. Ce qu'elle fit, avec une réticence évidente.

« Effectivement, maman, je ne t'ai jamais vraiment pardonné. Je sais que nos relations se sont pacifiées, mais tu es si vieille… et moi, je t'emboîte le pas. J'ai la bague de Mary-Love maintenant, celle que tu lui as volée à sa mort. J'ai également réussi à t'enlever Lilah, et je me suis sentie mieux. Mais je ne crois pas t'avoir complètement pardonné, et je ne crois pas que je le pourrai un jour.

— Je sais, répondit Elinor. Mais la question est : si tu pouvais tout recommencer à zéro, changerais-tu quelque chose ?

— Non, répondit Miriam sans hésiter. Je ne changerais rien.

— Comme Sister, murmura Grace. Pauvre, pauvre Sister.

— Et pauvre James, reprit Elinor. Et pauvre Queenie aussi. Mary-Love a foulé James aux pieds parce qu'il le lui a permis. Mary-Love ne supportait pas Queenie parce que c'était une Strickland, sauf qu'elle n'avait pas la classe de Genevieve. Je me souviens quand Queenie est arrivée ici. Malcolm, tu étais un petit garçon – un terrible petit garçon. Et Lucille, tu n'étais qu'une pleurnicheuse. Je n'ai jamais vu une enfant geindre autant. Et tout ce qui importait à Queenie, c'était que James la prenne sous son aile. Mais Queenie a changé – grâce à James – parce qu'il l'a traitée comme son égale, et je crois que personne d'autre ne l'avait fait auparavant. Lucille, j'espère que ta mère te manque.

— Si tu savais ! s'écria Lucille.

— Pareil pour moi, dit Malcolm.

— Et moi aussi, renchérit Tommy Lee.

— Papa me manque tellement, soupira Grace.

— Oh là là, lança Lucille en saisissant la main de Grace et la serrant fort, tout ça me rend beaucoup trop triste. Parlons d'autre chose. Ne parlons plus des morts. Je croyais que c'était une occasion heureuse, qu'on célébrait le mariage de Lilah avec Monsieur Je-ne-sais-plus-trop-qui.

— Woskoboinikow, coupa sèchement Lilah. Il s'appelle Woskoboinikow. Comme moi, maintenant. Mais tu sais quoi, Lucille ?

— Quoi ?

— On meurt tous. Sans exception. Tout le monde

dans cette pièce mourra un jour, tôt ou tard. Tout le monde meurt.

— Mais ce n'est pas la peine d'en parler !

— Dites, fit Zaddie depuis la porte, il est temps de se mettre à table, sinon les bons plats que j'ai préparés vont être froids. »

Les Caskey finirent les dernières gouttes de champagne de leurs verres et entrèrent dans la salle à manger.

En tant qu'invitée d'honneur, Lilah fut placée à une extrémité de la table, à l'ancienne place d'Oscar, et Elinor prit sa place habituelle à l'autre bout.

En guise de bénédicité, Elinor déclara : « Nous voici réunis, nous, les derniers Caskey. Nous sommes moins nombreux qu'avant, et je suis heureuse de le dire, nous sommes plus riches qu'avant. En réalité, nous possédons tout ce que j'ai toujours souhaité que nous possédions. Néanmoins, les choses ne se passent jamais exactement comme on le voudrait. Mais ça n'a pas d'importance, pas la moindre. Sister et Miriam ont raison. Peu importent les épreuves endurées, peu importe la souffrance et les erreurs, peu importe ce à quoi on a renoncé et à quoi on aurait dû s'accrocher, peu importe ce à quoi on s'est accroché et à quoi on aurait dû renoncer, peu importe ce qui nous a rendu malheureux, il ne faut pas souhaiter qu'il en ait été autrement. »

Elle regarda autour de la table. Zaddie apporta le premier plat, un faisan que Tommy Lee avait abattu le mois précédent. Elinor sourit et joua avec les rangs de perles noires à son cou.

« Merci, Zaddie, poursuivit-elle. Zaddie s'est donnée beaucoup de mal pour nous ce soir.

— Pas de problème... murmura celle-ci pour la forme, mais son démenti était teinté de fierté.

— Zaddie, regarde-nous, dit Elinor

— Madame ?

— Regarde-nous bien, Zaddie, parce que c'est la dernière fois que tu nous vois rassemblés ainsi. Lilah a raison : nous mourons tous. Et il y a quelqu'un là-bas, dans le cimetière, penché sur la tombe de Mary-Love, qui tire à pile ou face pour savoir lequel d'entre nous sera le prochain. »

Le dîner fut copieux ; on aurait dit que la farandole de plats que Zaddie, Luvadia et Melva sortaient de la cuisine était sans fin. Malcolm n'avait prévu que trois bouteilles de vin pour le repas, mais il se retrouva bientôt à en ouvrir une quatrième, puis une cinquième. Plus tard, lorsqu'on eut débarrassé les assiettes et apporté deux cafetières – une pour Miriam, l'autre pour le reste de la famille –, Malcolm et Billy allumèrent des cigares. Dans cette dernière partie de la soirée, la conversation se fit essentiellement entre Miriam et Lilah, sur la manie des Caskey de se voler mutuellement les enfants.

Miriam n'aborda pas le sujet directement, mais son intervention n'en fut pas moins maladroite. Elle déclara de but en blanc :

« J'espère que tu seras heureuse avec cet homme, Lilah.

— J'en ai bien l'intention, répondit la jeune femme tout aussi franchement.

— En vérité, poursuivit sa tante en arrêtant de tourner autour du pot, on espérait tous que tu épouserais Tommy Lee. »

Lilah et Tommy Lee échangèrent un regard en coin.

« Lilah n'est pas amoureuse de moi, intervint le garçon. Tant pis.

— Ou pas, souffla Grace pas tout à fait dans sa barbe.

— Je suppose que ça aurait arrangé tout le monde qu'on se marie, dit Lilah. Tout le monde, sauf moi.

— Tommy Lee et toi auriez pu reprendre la tête du clan quand j'aurais été vieille, reprit Miriam.

— On aurait pu reprendre la tête du clan à ta mort, Miriam, rétorqua sa nièce. Je ne te vois pas céder ton trône *avant*.

— Sans doute pas », convint Miriam.

Chacun se renfonça dans son siège, laissant de l'espace aux deux femmes endiamantées.

« Sans doute pas, répéta-t-elle. Mais j'ai traité Tommy Lee correctement, non ? Je lui ai donné des choses à faire.

— Tu m'as traité plus que correctement, approuva ce dernier. Elle m'a beaucoup appris, ajouta-t-il au reste de la tablée. Elle m'a donné beaucoup de responsabilités.

— Il y a une autre raison pour laquelle j'aurais aimé qu'ils se marient, poursuivit Miriam, coupant court à l'éloge de Tommy Lee.

— Quoi donc ? demanda Lucille, sa curiosité piquée.

— Malcolm et moi nous sentons seuls dans notre grande maison. J'espérais que Lilah et Tommy Lee auraient un enfant. C'est tout, dit-elle en se servant encore du café. Zaddie, ajouta-t-elle à l'intention de la domestique qui venait d'entrer, pourrais-tu m'apporter une tasse plus grande, s'il te plaît ? Sinon, je vais passer la nuit à me resservir.

— Tu voudrais que j'aie un bébé juste pour me le voler, dit Lilah. Exactement comme tu m'as volée, moi.

— Oui, admit calmement Miriam. Sauf que celui-ci, je l'aurais pris dès la naissance. Je nourrissais réellement cet espoir, Lilah. Malcolm et moi, nous nous sentons si seuls depuis que tu es partie.

— Maintenant, tu sais ce qu'Elinor et moi avons ressenti quand tu nous as pris Lilah », dit Billy, mais pas d'un ton accusateur, plutôt comme une simple observation.

Au lieu de répondre à cette dernière remarque, Miriam se tourna vers Lilah.

« Tu crois que toi et ton mari allez avoir un enfant ? lui demanda-t-elle.

— Lui en veut un, moi pas.

— Pourquoi pas ? fit Lucille.

— Je ne vois pas l'intérêt d'endurer des mois de souffrance et d'inconfort juste pour que Miriam débarque en avion à New York et l'emporte.

— Voyons, ce n'est pas *si* douloureux, riposta Miriam. En plus, j'enverrais Melva ou quelqu'un pour prendre soin de toi, si c'est ce qui t'inquiète. Je me fiche même que ce soit un garçon ou une fille, et Malcolm aussi. Et puis tu pourrais choisir n'importe quel prénom. Même Ananias-Azarias-et-Misaël si ça te chante.

—Non, je ne le ferai pas, dit Lilah d'un ton définitif.

—Miriam ! s'indigna Grace, effarée. Tu es exactement comme Mary-Love. Tu ne peux même pas te verser du café sans que ça ne cache quelque chose. »

Zaddie entra avec une tasse plus grande, que Miriam remplit.

« Je ne manigance rien du tout, répondit-elle. J'ai juste pensé que ce serait agréable d'avoir un bébé. Je me suis mariée trop tard. Et tout le monde dans cette pièce a eu la joie d'élever un enfant, sauf moi.

—Alors trouve-t'en un, suggéra sèchement Lilah. Va dans un orphelinat. Mets une annonce dans les journaux.

—Je veux un enfant Caskey, rétorqua Miriam. Il faut que ce soit un Caskey. »

Lilah ne répondit rien.

« Après tout ce que j'ai fait pour toi, reprit Miriam d'un ton calme. Après tout ce que je t'ai donné, tu ne me remercierais jamais, même si tu étais ligotée sur le bûcher et que j'avais une allumette enflammée à la main.

—Merci Miriam. Pour tout ce que tu as fait pour moi. Mais je ne te donnerai pas d'enfant. »

LE NID

« Je suis désolé que Miriam et Lilah se soient disputées de cette manière, dit Billy lorsque tout le monde fut rentré et qu'Elinor et lui montaient l'escalier pour aller se coucher.

— Elles sont égales à elles-mêmes, répondit Elinor avec un sourire, en secouant la tête. Je ne crois pas qu'elles aient pensé à mal. D'ailleurs, est-ce qu'elles ne sont pas rentrées ensemble ? La semaine prochaine, Miriam ira à New York rencontrer cet homme que Lilah a épousé.

— Qu'en pensez-vous ? », demanda Billy, s'arrêtant sur le palier. Il tenait à la main une bouteille de champagne encore à moitié pleine, et un verre.

« À propos de quoi ? », fit Elinor en s'adossant à la fenêtre de l'escalier.

De la salle à manger leur parvenaient les tintements de l'argenterie et du cristal tandis que Zaddie et Melva débarrassaient la table.

« À propos de cette histoire de bébés. Vous pensez que si Lilah avait un enfant, Miriam essaierait de le lui voler ?

— C’est probable.

— Vous pensez que c’est juste ? demanda Billy en se servant un verre. Est-ce que j’aurais dû prendre un autre verre ? », ajouta-t-il en aparté.

Elinor secoua la tête.

« J’ignore si c’est juste ou non. Et je suis mal placée pour juger, non ? C’est moi qui ai été à l’origine de toute cette histoire en abandonnant Miriam. Est-ce que *ça*, c’était juste ?

— Ça ne l’était pas ? »

Elinor se remit à grimper l’escalier, jusqu’à l’étage.

« Pourquoi tu continues à boire ce champagne ? Tu n’as pas eu assez de vin à table ?

— Je n’aime pas gaspiller. Et penser à Frances m’a rendu triste, dit-il en suivant Elinor, qui s’arrêta devant la porte de sa chambre.

— Frances ?

— Quand vous avez porté un toast à la mémoire des disparus, pourquoi avez-vous oublié Frances ?

— Bois ton champagne, Billy, et va te coucher. La soirée a été longue. »

Billy tourna les talons et entra dans sa propre chambre. En passant devant la fenêtre qui donnait sur la maison voisine, il vit Miriam et Lilah ranger les bijoux qu’elles avaient portés. Il resta là, à siroter son champagne, jusqu’à ce que les lumières s’éteignent en face et que la bouteille soit vide. Puis il se déshabilla et se mit au lit. Il s’endormit aussitôt, sans qu’aucune pensée ou réflexion ne le taraude.

Il se réveilla après un moment ; il ignorait combien de temps il avait dormi. La nuit paraissait avancée.

Il avait mal à la tête, aussi resta-t-il dans son lit, à se masser le front en espérant que sa migraine passe. Rien n'y fit. Il alla dans la salle de bains, avala deux aspirines et se rafraîchit le visage avec un linge mouillé. Il se sentit mieux et retourna dans sa chambre. L'esprit plus clair, il entendit les voix. Comme d'habitude, elles provenaient de la chambre d'Elinor. Dans un premier temps, le champagne les lui avait fait oublier lorsqu'il s'était mis au lit, mais désormais l'alcool le libérait de sa timidité feinte envers ces visiteurs nocturnes. Sans réfléchir aux conséquences de son geste, il sortit dans le couloir. Les voix y étaient plus fortes, mais la porte de la chambre d'Elinor étant fermée, il ne distinguait pas ce qu'elles disaient.

Il reconnut cependant la voix qui ressemblait à celle de sa femme – sauf qu'elle avait disparu dans les eaux noires de la Perdido.

Il s'avança un peu. Sous ses pas, la moquette était humide. Il sut à l'odeur que c'était l'eau de la rivière. Des résidus de boue collaient à la plante de ses pieds, il sut que c'était celle de la Perdido. Marchant droit vers la chambre d'Elinor, il tourna lentement la poignée et entrouvrit la porte de l'antichambre.

Il fut moins surpris par la clarté de la voix d'Elinor que par la lumière de la pièce qui inonda soudain la jambe de son pyjama. Immobile, il tendit l'oreille.

« ... trop tard, disait Elinor.

— Non, il n'est pas trop tard, répondait la voix de Frances, sauf que Frances était morte. Non, maman, il n'est pas trop tard. Mais ça le sera si tu restes ici. Tu es vieille, tellement vieille. Te voir vieillir un peu plus chaque jour me dévaste. Je viens dès que j'en ai l'occasion, chaque fois que je peux me transformer... mais ce n'est pas toujours possible. Nerita ne le fait jamais, elle... Je ne crois pas qu'elle en soit capable. Que se passera-t-il quand je ne pourrai plus ? Tu devrais nous rejoindre, maman ! Si tu restais avec nous, tu ne vieillirais plus, tu pourrais peut-être même rajeunir. Nerita et moi, on prendrait soin de toi, maman !

— Je ne veux pas m'en aller, ma chérie.

— Pourquoi ? Qu'est-ce qui te retient ici ? Papa est mort. James et Queenie aussi.

— Billy...

— Billy ne reste que pour toi. Il ne veut pas te laisser seule, c'est tout. Si tu t'en allais, il pourrait partir et vivre sa vie, je sais qu'il le ferait, et ça serait bien pour lui. Pauvre Billy... Tu sais, la dernière fois j'ai ouvert la porte de mon ancienne chambre et il était là...

— Tu n'aurais pas dû ! Imagine s'il s'était réveillé ?

— Maman, rit celle qui ne pouvait être Frances mais qui avait la même voix et appelait Elinor "maman", tu ne penses pas que Billy se doute qu'il se passe quelque chose ?

— Il n'a jamais rien dit.

— Zaddie non plus. Tu ne crois pas qu'elle sait ?

— Zaddie *sait*, j'en suis certaine, concéda Elinor.

— Billy aussi. Quoi qu'il en soit, il ne s'est pas réveillé. Et puis, je voulais montrer à Nerita à quoi ressemblait son père.

— Comment elle l'a trouvé ? demanda Elinor, curieuse.

— Vieux. Et c'est vrai. Pauvre Billy. »

Billy ouvrit la porte en grand, traversa l'antichambre et pénétra dans la lumière. Elinor était installée dans l'un des fauteuils qu'elle avait achetés après la mort d'Oscar ; assise au bord du lit, il y avait Frances, sa femme. Néanmoins, ce n'était pas Frances. Ça ne pouvait pas l'être, car Frances était née en 1922, elle aurait donc eu presque cinquante ans si elle ne s'était pas noyée dans la Perdido. La Frances devant lui n'avait pas plus de trente-deux ou trente-trois ans, et ressemblait à la jeune femme que Billy avait vue pour la dernière fois.

« Frances ? », fit Billy.

Frances éclata de rire et referma son peignoir en coton sur sa poitrine.

« Bonsoir Billy, répondit-elle timidement. Pourquoi ne t'es-tu pas remarié depuis tout ce temps ?

— Billy, dit Elinor d'une voix non pas sévère, mais triste. Retourne te coucher. »

Billy s'avança. Campé derrière le siège d'Elinor, il dévisageait sa femme.

« Tu es… en vie ? demanda-t-il.

— Non », répondit Elinor.

Frances secoua la tête.

« Non. Je ne suis pas en vie.

— Qui est Nerita ?

— Nerita est notre autre petite fille. Elle n'est pas venue ce soir.

— Mais il lui arrive de venir, dit Billy. Elle chante ? C'est elle, non ?

— Tu l'as entendue ? demanda Elinor, regardant Billy par-dessus son épaule.

— Oui, je l'ai entendue. Et quand tu as ouvert la porte de ma chambre l'autre nuit, j'étais réveillé, mais j'ai gardé les yeux fermés.

— Retourne te coucher, répéta Elinor.

— Tu n'es pas attristé par ma disparition, n'est-ce pas ? », demanda Frances par curiosité.

Billy secoua la tête.

« Non, je ne l'ai jamais été, admit-il.

— Bien, dit Frances. Alors retourne te mettre au lit, Billy, et la prochaine fois que tu nous entendras, Nerita et moi, monter à l'étage pour voir maman, ne sors pas de ta chambre, d'accord ?

— Tu es morte... dit-il doucement. On ne dirait pas. Tu vis au fond de l'embouchure, c'est ça ? Je me souviens que, le jour où on a décidé de se marier, tu m'as emmené au sommet de la digue, et on est descendus regarder cet endroit. Et à ce moment-là, tu m'as dit que tu étais déjà allée en dessous. C'est là que tu es maintenant... tout au fond.

— Billy... commença Elinor.

— Allez-vous y retourner avec Frances ? demanda-t-il à sa belle-mère.

— Oui, elle vient, répondit hâtivement Frances.

— Non, fit Elinor. Je reste ici avec toi, Billy.

— Maman...

— Chut ! Ma décision est prise depuis longtemps, Frances. Cette décision remonte à ce fameux dimanche de Pâques 1919, alors que j'étais assise sur ce lit dans la chambre d'hôtel. Et je ne reviendrai pas dessus.

— Maman, viens avec moi ! »

Elinor fit non. Elle semblait avoir oublié la présence de Billy, à moins qu'elle n'ait voulu qu'il soit témoin de tout ceci.

« Je ne peux pas, répondit-elle. On ne peut faire ce choix qu'une fois, c'est tout. Tu es née ici, dans cette chambre, ma chérie, et tu as fait le choix de retourner à la rivière. Moi, je suis née… En tout cas, pas dans des édredons. Un jour, alors que cette ville était sous les eaux, j'ai vu un Blanc et un Noir qui naviguaient à bord d'un petit canot vert et j'ai pris ma décision. C'est pourquoi je vais finir ma vie ici.

— Quel effroyable gâchis ! s'écria Frances.

— Ce n'est pas du gâchis. Je n'ai jamais regretté ce choix, même quand Oscar est mort, alors que je savais que c'étaient Mary-Love et John Robert DeBordenave qui l'avaient tué. Il est mort à cause de moi et de ce que je leur ai fait. Même ça, je ne l'ai pas regretté, ma chérie. »

Frances se laissa glisser au bas du lit, tombant aux pieds de sa mère.

« Maman, que va-t-on devenir sans toi, Nerita et moi ? Comment suis-je censée te laisser vieillir et mourir ? Tu es déjà tellement vieille !

— Il n'y a rien que tu puisses faire, ma chérie. Rien du tout. Et puis, Billy est à mes côtés… » Elle ne l'avait pas oublié ; elle lui saisit la main. « Il va prendre soin de moi. Billy, c'est pour cette raison que je t'ai fait rester.

— Pourquoi ? demanda-t-il.

— Pour que tu veilles sur moi à ma mort.

— Elinor… voulut-il protester.

— Zaddie et toi allez devoir me protéger, poursuivit-elle d'une voix douce.

— Te protéger de quoi ?! s'écria Frances, levant la tête pour regarder sa mère dans les yeux.

— Le moment venu, ils sauront.

— Nerita et moi on va te protéger ! On te protégera de n'importe quoi.

— Vous n'en serez pas capables, répondit Elinor. Mais Billy et Zaddie seront là.

— Est-ce que tu sais quand ça va arriver ? », demanda Frances.

Sa mère se contenta de sourire.

« Ma chérie, je te promets qu'avant ce jour, je viendrai une dernière fois dans la rivière – seulement une fois – pour vous faire mes adieux. »

Le lendemain de la mélancolique soirée de célébration, Lilah retrouva New York et Monsieur Woskoboinikow. Au désespoir, Tommy Lee se jeta à corps perdu dans les activités pétrolières des Caskey. Tous les matins, il se rendait aux puits de pétrole afin de discuter avec les ouvriers de l'équipe de nuit, avant qu'ils ne retournent dans leurs caravanes à Cantonement et Jay. Il parlait avec Miriam et Billy au téléphone deux ou trois fois par jour, et accompagnait Miriam dans ses voyages d'affaires. Celle-ci se mit à le présenter à tous ses contacts. Pour ces occasions, Elinor l'aida à s'acheter plusieurs nouveaux costumes ; globalement, Tommy Lee faisait bonne impression – du moins, paraissait-il encore plus imposant. En outre, il se lançait dans les affaires, recommandé par Miriam, ce qui comptait pour beaucoup à New York, Houston et la Nouvelle-Orléans.

Il ne fallut pas longtemps à Babylon et Perdido pour que circule la rumeur selon laquelle Tommy Lee avait connu une déception amoureuse. Il avait espéré, et sa famille avec lui, épouser Lilah Bronze. Mais celle-ci avait fait un coup à la Miriam Caskey et s'était mariée avec un homme dont le nom, à l'écrit, mesurait bien cinq centimètres de long et qui jurait ses grands dieux que jamais il ne reposerait un pied en Alabama. Le mouvement pour les droits civiques à Selma avait eu lieu peu de temps auparavant, et les gens n'avaient pas entièrement pardonné aux Nordistes et à leurs candidats de venir semer la pagaille dans le Sud. Et voilà que Lilah Bronze avait *épousé* l'un de ces hommes sans principes ! La peine de cœur de Tommy Lee lui valut cependant la sympathie de la communauté ; on comprit très bien qu'il redouble d'ardeur au travail dans le but d'oublier. Les mères tinrent leurs filles célibataires à distance, « le temps que le pauvre garçon se remette ». L'ironie du sort fit de Tommy Lee un adulte, sans qu'il ait besoin de se marier – rite de passage obligatoire dans la vie d'un homme en Alabama.

Lucille et Grace étaient fières de leur fils. Agenouillées au pied du lit pour la prière, elles n'oubliaient jamais de remercier le Seigneur du fait que Tommy Lee ne se soit pas laissé pousser les cheveux avant de prendre du LSD, ou qu'il ne se soit pas rebellé et enfui à Chicago pour en découdre avec la police. Elles remerciaient les cieux pour sa présence au déjeuner la plupart du temps, et tous les soirs, au dîner ; pour son rire, rauque et sonore, retentissant dans la maison lorsqu'il regardait la télévision avec ses amis qui travaillaient sur les installations pétrolières.

Un jour de printemps 1970, tard dans la matinée, Tommy Lee manœuvrait son canot à travers le marais, se dirigeant vers le nord aussi directement que le lui permettaient les méandres et les îlots herbeux. Il n'aimait pas allumer le moteur de l'embarcation à cause du bruit et de l'odeur d'essence qui s'en échappaient ; en outre, pagayer lui ouvrait l'appétit et ne lui prenait pas beaucoup plus de temps étant donné la sinuosité de son parcours. Il avait passé la matinée en compagnie des ouvriers aux puits numéros cinq et huit, et rentrait à présent à la ferme pour le déjeuner. Désormais, il connaissait suffisamment son chemin pour pouvoir aller et venir sans s'égarer, ce qui était l'essentiel. Il gardait son canot amarré au sud de la propriété, à l'endroit où commençait le marais. Au fond de l'embarcation, sous une bâche hermétique, il y avait une caisse de bières, le fusil que lui avait offert Elinor à Noël quelques années plus tôt, et des revues pour hommes dans un sac en plastique. Les magazines étaient pour lui – il craignait que Lucille ou Grace ne tombent dessus à la maison –, les bières étaient pour les ouvriers, et le fusil, pour les alligators qui pourchassaient parfois paresseusement son bateau, dans l'espoir, qui sait, qu'un morceau de choix comme Tommy Lee perde connaissance à cause de la chaleur et bascule tête la première dans les eaux huileuses.

L'estomac dans les talons, Tommy Lee naviguait seul ce matin-là, sans penser à rien d'autre qu'au déjeuner que Luvadia préparait pour lui en ce moment même. Il se trouvait à un kilomètre et demi du puits le plus au nord, mais encore à huit cents mètres de l'endroit où il amarrait son canot. Il savait, à la position du soleil, qu'il se dirigeait dans la bonne direction, si bien qu'il ne prêtait pas attention au paysage qu'il traversait. Quoi qu'il en soit, tout se ressemblait plus ou moins dans ce coin-là.

Tommy Lee décida que Luvadia cuisinait soit du maïs frit, soit des okras. Plus il y pensait, plus il espérait que ce ne soit pas seulement des okras, sans maïs frit du tout. Il ne comprenait pas qu'on puisse les aimer, à moins qu'ils soient cuits dans de la pâte. On pouvait alors presque croire que c'était de la crevette. Son canot dut traverser une zone d'eau peu profonde car sa rame se prit subitement dans la boue. L'embarcation s'arrêta net dans sa course, et Tommy Lee bascula en avant, cognant douloureusement ses genoux contre la caisse de bières.

Il lâcha la rame, qui resta plantée toute droite ; le canot tangua tandis que Tommy Lee se redressait et tendait le bras vers elle.

Celle-ci fut soudain soulevée et projetée dans les airs.

Bouche bée, le jeune homme la regarda s'élever et flotter un instant avant de retomber dans le marais, à une vingtaine de mètres du canot.

Il tourna la tête et vit que quelque chose le fixait depuis l'eau sombre : un faciès arrondi et plat, de couleur verte ou noire – il n'aurait su dire –, aux yeux protubérants parfaitement ronds, à la bouche large et sans lèvres, et dotée de deux larges trous en guise de narines.

Ce n'était pas son reflet, car la créature se tenait incontestablement sous la surface. Ce n'était pas un alligator, ni aucun poisson qui vivait dans ces eaux – ou dans aucune autre. Ce n'était pas non plus un animal noyé qui se serait pris dans les racines d'un cyprès. À vrai dire, ce n'était rien que Tommy Lee ait déjà vu dans sa vie. Et il avait perdu sa rame.

Il se retourna et tira sur le lanceur du moteur, priant pour qu'il démarre. « La semaine dernière, songea-t-il follement, c'est là que je l'ai utilisé pour la dernière fois. Non, pas la semaine dernière, le mois dernier. »

Le moteur ne démarra pas.

Il tira à nouveau sur le cordon. Le moteur gargouilla, puis s'arrêta brutalement.

Avec une violente secousse, le canot fut tiré en arrière. Tommy Lee perdit l'équilibre et glissa du banc pour se retrouver au fond du canot. Alors qu'il se débattait pour se relever tout en tendant la main vers le moteur, l'embarcation pencha dangereusement à droite. Il s'agrippa au bord gauche dans une tentative pour le redresser en faisant contrepoids. Seulement, ses doigts ne touchèrent pas le bateau, mais autre chose – quelque chose de visqueux et de mouillé.

Il retira sa main et regarda. Passé par-dessus le bord du canot, il y avait un bras – vert-gris et pas noir du tout – terminé par une large main palmée, les doigts écartés, posée à plat sur le banc.

Tommy Lee saisit le sac plastique contenant les revues pour hommes et s'en servit pour frapper la main. Celle-ci ne tressaillit même pas. Il mit le sac de côté, ramassa le fusil et frappa avec la crosse. La main parut se crisper légèrement et être parcourue d'un léger tremblement, mais resta rivée au bois. Tommy Lee se rendit alors compte que le canot dérivait lentement vers la droite. La chose n'essayait pas de monter à bord, mais nageait en traînant l'embarcation avec elle.

Tommy Lee n'osait regarder ce qu'il y avait au bout du bras.

Il retourna le fusil et visa la main. Mais au moment de presser la détente, il craignit que la balle perfore non seulement la main, mais aussi le banc et le fond du canot. Il n'avait aucune envie de se retrouver à barboter dans le marais avec *ça*.

En essayant de faire le moins de bruit possible, il tenta une nouvelle fois de démarrer le moteur, en vain. L'embarcation glissait inexorablement vers l'un des îlots les plus imposants de cette partie du marais, que Tommy Lee reconnut aussitôt car il l'avait même baptisé. Il l'appelait « le Nid », en raison des nombreux nids d'alligators qui le bordaient.

Ne sachant pas quoi faire d'autre, il s'assit près du moteur et tira plusieurs fois sur le lanceur, un œil sur la main, son fusil sur les genoux.

Ça finit par démarrer. Tommy Lee tourna la barre et mit les gaz.

En dépit de la puissance du moteur, le canot continuait à dériver implacablement vers le Nid.

La jambe calée contre la barre pour maintenir le cap, il leva le fusil et visa l'endroit où le coude de la créature reposait sur le bord de canot. Lorsque la chose émergerait de l'eau – si c'était capable de se redresser –, il ferait feu.

À présent, il trouvait que le bateau avançait trop lentement. « Plus vite, plus vite », pensa-t-il. Toutes les deux, trois secondes, il devait essuyer la sueur sur ses mains et son front.

Alors que le canot approchait du Nid, il ne repéra aucun alligator. Les nids alentour paraissaient avoir été abandonnés. Aucun oiseau ne chantait. Néanmoins, il entendit autre chose : un chant – il n'y avait pas d'autre mot –, un chant comme il n'en avait encore jamais entendu, haut perché et bourdonnant. Il scruta les hautes herbes et les troncs des cyprès qui surmontaient le Nid, sans rien discerner. Puis, à l'instant où il remarquait parmi la végétation deux taillis d'herbes sèches qui ressemblaient à des huttes assez larges pour qu'un homme puisse s'y cacher, une deuxième voix s'éleva à l'unisson de la première. Au bout d'un moment, elle s'en sépara pour entamer une mélodie légèrement différente. Le canot se rapprochait toujours plus de l'îlot de broussailles et de cyprès.

Sans prévenir, l'embarcation pivota soudain sur elle-même et se mit à dériver le long du tertre herbeux, passant devant une demi-douzaine de gros nids vides, dans lesquels Tommy Lee aperçut des œufs – depuis quand les alligators abandonnaient-ils leurs œufs ?

Il entendait distinctement les deux voix à présent. Il localisa leur emplacement à travers le viseur de son arme. Il était certain de leur position parmi les herbes hautes – devait-il tirer ? Sans prendre la décision consciemment, il arma le fusil et s'apprêtait à faire feu quand il fut surpris par le bruit de quelque chose en train d'émerger. Une troisième voix se joignit alors au chant, d'abord semblable à un gargouillis, puis aussi claire et pure que les autres. Par-dessus bord, Tommy Lee vit une tête plate et parfaitement lisse tournée dans la direction opposée.

Il avança le fusil jusqu'à ce que le canon ne soit qu'à quelques centimètres de ce gros crâne luisant.

« *Nerita !* »

Le mot fusa sur l'eau depuis les taillis.

La tête disparut sous la surface.

D'instinct, Tommy Lee braqua et visa l'endroit d'où avait été lancé le cri. Il fit feu, basculant contre le moteur sous l'effet de recul. La créature avait de toute évidence lâché le canot, car le moteur propulsa l'embarcation loin de l'îlot.

Tommy Lee agrippa la barre et fila sans demander son reste, non par où il était venu mais en contournant le Nid, en direction de Gavin Pond. Le fusil sur les genoux, il jeta par-dessus bord la caisse de bières et le sac avec les magazines sans regarder une seule fois en arrière.

Il refusait de se retourner, moins par crainte de ce qu'il pourrait voir, que de ce qu'il *avait* vu.

Ce qui s'était redressé à travers l'un des taillis au centre du Nid n'était pas une autre créature, ce n'était pas une chose gris-vert aux yeux ronds protubérants et à la large bouche dépourvue de lèvres. C'était Elinor Caskey, une vieille femme qu'il ne connaissait que trop bien, et qui, le visage déformé par la peur, avait crié : « Nerita ! » Et c'était sur Elinor Caskey qu'il avait tiré, la balle creusant un petit trou noir dans sa poitrine nue.

Une fois arrivé à Gavin Pond, il fonça avec le canot dans les roseaux en bordure du champ et bondit hors de l'embarcation, s'éclaboussant de boue. Il enjamba follement la clôture de barbelés et courut jusqu'à la maison, le canon du fusil traînant par terre derrière lui.

Bien que le matin même le soleil se soit levé dans un ciel sans nuages et que la radio ait annoncé du beau temps pour la journée et le lendemain, il pleuvait dru lorsque Tommy Lee arriva à la ferme. Ses bottes et son pantalon étaient maculés de boue que l'averse vint mélanger à celle, bouillonnante, qui s'était formée le long du patio en brique. Il suait en abondance, à la fois de peur et d'épuisement. La pluie qui se déversait du ciel gorgea ses vêtements jusqu'à ce que l'odeur et le goût de l'eau saturent ses sens. Il s'était égratigné et saignait en une dizaine d'endroits, mais la pluie lavait le sang à mesure qu'il coulait, l'enfouissant dans la terre.

PLUIE

Il pleut désormais, une pluie moins impressionnante par sa virulence que par son implacable constance, détrempant la cour de sable autour de la propriété des Caskey la matinée, l'après-midi, le soir et enfin, la nuit. Billy Bronze l'entend quand il se lève, puis tout au long de sa triste journée, et de sa triste nuit, sans jamais qu'elle réduise d'intensité, ou atteigne un pic qu'avec un peu d'optimisme on pourrait interpréter comme le cœur des ténèbres annonçant l'aurore. L'eau tombe du toit de tous les côtés, engorgeant les gouttières inadaptées à un tel volume, se déversant sur les marches du porche en un rideau assez épais pour briser un parapluie. Elle cascade sur les parterres de fleurs qui ceignent la maison, creusant de profondes rigoles, déterrant bulbes et racines. Elle fouette les vitres des fenêtres et leurs rebords, remplissant de centaines de milliers de minuscules gouttes le quadrillage des moustiquaires en train de rouiller.

Inexorable et troublante, la pluie s'abat dans un tonnerre continu, plus forte que les conversations, plus forte que la musique, plus forte que le car de seize heures trente pour Mobile qui passe en trombe sur la route. Elle contraint Billy à y guetter des motifs et des rythmes, qui s'estompent dès qu'il les saisit. Le bruit de la pluie lui ôte toute pensée tandis qu'il se balance dans l'un des fauteuils de la véranda. « Mais, songe-t-il juste avant de renoncer à penser, c'est tout aussi bien… », car ça lui évite de se rappeler que dans une chambre toute proche, Elinor se meurt.

Billy ignore comment elle a été transportée jusqu'à la maison, et il n'a pas demandé. Il sait seulement qu'en fin d'après-midi, alors qu'il venait de commencer à pleuvoir, Zaddie a frappé à la porte de son bureau et l'a prié de la suivre. Elle l'a conduit à la chambre d'Elinor, et là, sur le lit, ses vêtements trempés exhalant de puissants relents de la Perdido, gisait Elinor Caskey. Lorsqu'elle avait écarté le haut de son chemisier, il avait vu, à quelques centimètres au-dessus du cœur, un petit trou noir.

« Tiens-moi les jambes », ordonna-t-elle à Billy.

Obéissant, Billy s'assit au pied du lit et appuya ses mains sur les chevilles d'Elinor. Zaddie se mit de l'autre côté du lit et lui maintint ses genoux. Billy n'avait aucune idée de ce qu'il se passait.

« Vous avez appelé un médecin ? demanda-t-il. Zaddie, où est le docteur ?

— Pas de médecin… souffla Elinor.

— Vous pourriez mourir ! protesta Billy.

— Je *vais* mourir, répondit-elle solennellement.

— Qui vous a tiré dessus ? demanda Billy. Qu'est-ce qui s'est passé ? »

Elinor ne répondit pas. La tête relevée sur deux oreillers, elle examinait la blessure sur sa poitrine.

Puis elle pressa son pouce et son index et les inséra dans le petit orifice sombre. Les dents serrées, elle émit un sifflement rauque et son corps entier tressauta puis se cambra. Si Billy et Zaddie ne lui avaient pas tenu les jambes aussi fermement, elle se serait retournée ou serait tombée du lit.

Elle gémit et cria, mais finit par extraire la balle.

Elle resta environ deux minutes à haleter, le projectile serré au creux de sa paume. Zaddie lui essuyait le front avec un linge.

« C'est Tommy Lee qui a fait ça, dit Zaddie.

— Mais pourquoi ?! cria Billy, sidéré.

— Il n'a pas fait exprès… chuchota Elinor. Ce n'est pas sa faute…

— Elinor, il faut qu'on…

— Il ne faut rien du tout. Je vais rester allongée dans ce lit jusqu'à la fin, pendant que toi et Zaddie, vous me protégerez.

— Vous protéger… de quoi ? », fit Billy.

Il y eut un long silence.

« Billy, reprit Elinor après avoir rassemblé des forces pour parler. Je veux que tu passes deux coups de téléphone. Appelle Tommy Lee et dis-lui de venir, il faut que je lui parle. Appelle Miriam et dis-lui que je suis malade et qu'elle vienne me voir demain. N'appelle personne d'autre. Si tu fais venir un médecin, je ne le verrai pas, et je ne te parlerai plus jamais. Tu m'as comprise ? »

Billy acquiesça et fit ce qu'on lui demandait.

Tommy Lee arriva plus tard dans l'après-midi. Il entra dans la maison, trempé, confus, coupable…

et terrifié. Billy le conduisit à la chambre d'Elinor et attendit avec curiosité de savoir ce qu'elle lui dirait.

Mais Elinor les renvoya Zaddie et lui, et resta plusieurs minutes avec Tommy Lee. Ce dernier sortit de leur entretien plus secoué qu'à son arrivée. Il s'enfuit sous la pluie, se jeta dans son pick-up et partit en trombe sur la route inondée.

« Je devais m'assurer qu'il n'irait pas raconter de sottises, expliqua Elinor plus tard. Tommy Lee ne dira rien. On n'a pas d'inquiétudes à avoir de ce côté-là. »

Ainsi qu'elle y avait été invitée, Miriam vint le lendemain. Si Elinor était certes plus faible, elle était aussi plus présentable. Zaddie lui avait donné un bain et l'avait vêtue d'une chemise de nuit et d'un châle brodé. Dehors, la pluie se déchaînait toujours.

« Maman, tu as une mine effroyable, dit Miriam.

— Je vais mourir, Miriam.

— Tu veux dire, bientôt ? »

Elinor hocha la tête.

« Je voulais juste que tu saches que tout est en ordre ; y compris le testament. Billy est au courant de tout.

— Bien, répondit sa fille. De toute façon, je savais que tu serais prête le moment venu. »

Elle examina attentivement sa mère.

« Tu es sûre que le moment est venu ? »

Elinor acquiesça.

« Je suis désolée pour toi, dit Miriam d'un ton sec. Vraiment, je suis sincère.

— Je sais.

— Zaddie et Billy prennent bien soin de toi ?

Tu veux que j'envoie Malcolm te chercher quoi que ce soit ?

— Oui. J'aimerais que Malcolm et toi fassiez quelque chose pour moi.

— Quoi donc ?

— Une dernière chose.

— Je ne peux rien te promettre, maman. De quoi s'agit-il ?

— Je ne veux pas que tu sois là quand je mourrai. Je veux que Malcolm et toi quittiez la ville jusqu'à ma mort.

— Que je m'en aille ? Maman, je ne peux pas abandonner la scierie et...

— Si, tu peux. Fais-le. Pars jusqu'à ce que je sois morte. De toute façon, tu ne voudrais pas rester ici à t'occuper de moi.

— Il n'était pas question que je m'occupe de toi, remarqua Miriam. Où veux-tu qu'on aille ?

— Allez voir Lilah. Allez à Houston. S'il faut absolument que tu restes dans les parages, va chez Grace et Lucille. Dieu sait qu'elles ont suffisamment de place.

— Maman, pourquoi tu ne veux pas qu'on soit là ?

— J'ai mes raisons, répondit Elinor. De très bonnes raisons. Va-t'en, Miriam. Pars ce soir. Ou demain. Mais pas plus tard que demain.

— Je n'ai rien promis. Il faut que j'en parle à Malcolm.

— Malcolm fera comme tu lui ordonnes.

— Maman, poursuivit Miriam non sans une certaine délicatesse, combien de temps penses-tu qu'on devra être partis ?

— Écoute, Miriam, fit sèchement Elinor, ce que je te laisse dans mon testament compensera le dérangement. »

Miriam retourna la voir le lendemain matin avec Malcolm pour lui faire de brefs adieux. La pluie tombait toujours.

« Si tu voyais ça, Elinor, dit Malcolm en secouant la tête. On dirait que l'eau va emporter toute la cour.

— Où allez-vous ?

— Quelque part au sec, répondit Miriam.

— D'abord à Houston pour quelques jours, puis New York, dit Malcolm. Après, je ne sais pas.

— Dans ce cas, au revoir, dit Elinor, prenant faiblement la main de Malcolm pour la serrer. Sois bon avec Miriam. »

Malcolm rit.

« C'est plutôt à elle qu'il faut dire ça ! »

Miriam se laissa tomber sur le lit. Elle prit l'autre main d'Elinor et la porta à sa poitrine. Puis elle se pencha et embrassa sa mère sur la joue.

Lorsqu'elle se redressa, une larme perlait à la paupière d'Elinor.

« Maman, dit Miriam, c'est la première fois que je te vois pleurer. »

Elinor eut un sourire triste.

« C'est la première fois que tu m'embrasses. »

Miriam se leva.

« Au revoir, maman.

— Au revoir, ma chérie. Sois bonne avec Malcolm. Il le mérite sans doute. »

Debout devant la porte d'entrée, Zaddie tendit à Miriam et Malcolm un parapluie avant qu'ils ne sortent sous le porche.

« Tu m'appelleras ? », lui demanda doucement Miriam.

Zaddie hocha la tête en silence. Malcolm guida sa femme jusqu'à leur auto. Elle n'était qu'à quelques dizaines de mètres, mais lorsqu'ils l'atteignirent, ils étaient, malgré leur parapluie et leur hâte, trempés jusqu'aux os.

Il plut sans discontinuer durant sept jours à Perdido, près de soixante centimètres de précipitations au total. Pour la plupart des gens, la persistance du mauvais temps ne fut d'abord qu'une excuse pour se plaindre de la météo – avec raison, pour une fois. Les commerçants étaient convaincus que la pluie décourageait le chaland ; pour les fermiers qui venaient d'installer leurs semis du printemps, c'était un désastre. La pluie ravagea les jeunes pousses ou les déterra si bien qu'elles s'amoncelèrent bientôt dans les fossés de drainage. Les graines moisirent dans la terre sans avoir eu le temps d'éclore. Avec chaque jour de pluie supplémentaire, le désespoir des citoyens s'accrut. Désormais, il n'était plus question des désagréments des parapluies ou des journaux détrempés, ni de la baisse des recettes de la vente au détail – c'était la menace d'une nouvelle crue.

À vrai dire, peu importait qu'il pleuve ou non à Perdido : les habitants s'inquiétaient surtout des précipitations dans les vastes forêts au nord-est et au nord-ouest de la ville. Là-bas, les trombes d'eau emporteraient tout sur leur passage, en déferlant sur les terrains en pente jusqu'aux rivières, qui déborderaient de leur lit à l'embouchure, juste derrière l'hôtel de ville. En bref, s'il continuait à pleuvoir dans les forêts où l'humidité et l'eau ne gênaient personne, ça pourrait très bien provoquer une nouvelle crue à Perdido.

Au bout du quatrième jour, les bulletins météo de la station de radio de Perdido, et même ceux des chaînes de télévision locales de Pensacola et Mobile, des villes pourtant hors de danger, commencèrent à donner la hauteur des rivières en même temps que les mesures quotidiennes de ce qui était tombé. Au septième jour de pluie, un ingénieur militaire fut envoyé de Fort Rucca pour inspecter les digues, car les eaux étaient les plus hautes jamais enregistrées depuis 1919.

Celui-ci, conduisant sa Jeep jusqu'au sommet de la digue derrière l'hôtel de ville, fouilla la terre avec une pelle, arracha quelques ronces qui poussaient sur la berge, scruta, malgré le rideau de pluie, la rive opposée avec ses jumelles, et essaya d'ignorer les questions du maire, qui avait insisté pour l'accompagner dans sa tournée d'inspection.

Depuis la maison du maire, où il avait été invité à déjeuner, l'ingénieur téléphona à Fort Rucca et pria son supérieur de venir à Perdido dans l'après-midi. Et même, de se mettre en route immédiatement. L'élu et son épouse, qui avaient entendu la conversation, furent troublés. Leur inquiétude s'accrut lorsque l'ingénieur militaire leur demanda où un hélicoptère pouvait atterrir en ville.

À treize heures quarante-cinq, l'ingénieur militaire – ainsi que tous les employés municipaux de la ville – regarda l'hélicoptère se poser en pleine averse sur le parking préalablement dégagé de l'hôtel de ville. Un colonel et deux hommes, dont un civil, en sortirent. Ils serrèrent la main du maire et s'en furent à bord de la Jeep de l'ingénieur, déclinant d'un ton définitif l'offre de l'élu de les accompagner.

À seize heures trente, les quatre hommes retournèrent chez lui à Live Oak Street – en zone inondable – et l'informèrent que la digue n'était pas sûre et qu'elle pouvait céder si l'eau montait au-delà de dix mètres. Les rivières, à ce moment-là, avaient déjà dépassé les huit mètres. Le maire, mais aussi sa femme et la cuisinière qui écoutaient depuis la cuisine, furent dévastés. Comment la digue, qui protégeait Perdido depuis plus de quatre décennies, pouvait-elle être considérée comme dangereuse alors que c'était le travail de construction le plus solide de la ville ?

« La digue est très abîmée à certains endroits, dit l'ingénieur avec un haussement d'épaules. Par exemple, là où la végétation a brûlé, la digue s'est érodée. Il y a des zones qui ont été mal construites à l'origine. Il y a même une fissure près de la voie de chemin de fer à côté de l'embouchure. Elle n'a jamais été réparée.

— On manquait de fonds », protesta faiblement le maire.

L'ingénieur haussa de nouveau les épaules.

« Que peut-on faire ? »

Le colonel prit la parole, lançant de brefs coups d'œil à la pluie qui tombait dru derrière la fenêtre. Il était mal à l'aise ; son uniforme était trempé et le trajet en hélicoptère lui avait déréglé l'estomac.

« Je vais vous envoyer des hommes. Ils arriveront dès ce soir et demain. Ils vont tenter de consolider la digue, remplir des sacs de sable et évacuer les gens si besoin, ce genre de choses. Mais je ne peux rien promettre, hein, je ne peux pas promettre que ça sera utile. La seule chose que je *peux* promettre, c'est qu'ils trimeront d'arrache-pied pour sauver la ville.

— La sauver… répéta le maire dans un chuchotement alarmé. Que se passera-t-il, poursuivit-il, la voix tremblante, si la digue cède ?

— Eh bien, dit l'un des ingénieurs, un homme plus jeune qui n'y entendait rien aux bénéfices de l'euphémisme et des faux-fuyants, l'eau passe à un endroit, et elle emporte un bon morceau de la digue avec elle. Un mur d'eau se déverse. Mieux vaut avoir déjà évacué les gens, parce qu'il ne restera plus rien ni personne après son passage. L'eau s'engouffre avec tellement de puissance qu'il vaudrait mieux qu'il n'y ait pas eu de digue du tout. »

Ce qu'il disait était exact, cependant le colonel et les autres ingénieurs lui lancèrent des regards noirs : ils avaient voulu convaincre le maire de la pertinence d'une évacuation de la ville, et non l'effrayer.

« L'hôpital… reprit le colonel. Où est-il ?

— Sur les hauteurs, répondit l'épouse du maire, qui venait d'entrer avec du café et des serviettes.

— Tant mieux », dit l'officier, et rien de plus.

Personne à Perdido ne remarqua qu'Elinor Caskey n'était pas sortie de chez elle depuis dix jours. Il pleuvait depuis autant de temps, et les gens ne pensaient qu'à ça. Quelques familles retirèrent leurs enfants de l'école pour les envoyer chez leurs grands-parents, là où il ne pleuvait pas et où il n'y avait pas de risque de crue. Ceux qui possédaient des villas en bord de mer à Gulf Shores ou à Destin furent pris de l'envie subite de s'y rendre, quoiqu'en avril il soit encore un peu tôt dans la saison pour aller à la plage. Sur les conseils de Billy, on rassembla discrètement tous les dossiers importants de la scierie pour les entreposer à Gavin Pond. Certes, la propriété ne se trouvait qu'à huit cents mètres de la rivière, mais elle était située sur les hauteurs, il était donc peu probable qu'elle soit inondée. Lorsque ce fut fait, Tommy Lee alla chez Elinor et récupéra également les dossiers rangés dans le bureau de Billy. Petit à petit et jour après jour, il prit tout ce qui avait de la valeur pour les Caskey – y compris les coffrets de bijoux dans la commode de Miriam – pour les mettre en lieu sûr à la ferme. Grace et Lucille avaient fait bâtir tellement d'annexes qu'il y avait largement assez de place pour tout stocker.

Après son entretien avec Elinor, Tommy Lee ne retourna pas la voir. À vrai dire, quand Escue et lui se rendirent chez elle pour prendre les documents dans le bureau de Billy, il se fit le plus petit possible en passant devant la porte de sa chambre.

Lucille et Grace allèrent bien rendre visite à Elinor, mais ce fut court et formel.

Lucille, qui ressemblait chaque jour davantage à Queenie, qu'elle surpassait même en poids, se campa à la fenêtre pour regarder dehors. Malgré le rideau de pluie qui se déversait du toit, on pouvait voir les troncs frêles et noueux des chênes d'eau qu'Elinor avait plantés avant son mariage. Lucille pouvait même entendre le craquement de leurs branches ployant sous le poids de l'eau ; elle en vit une grosse, dénudée et moisie, tomber de la cime et s'écraser avec un *plouf* sonore dans la nappe d'eau qui s'était formée dans la cour. Elle ne voulait pas regarder Elinor. Tommy Lee leur avait confié qu'elle était en train de mourir.

Grace avait tiré un fauteuil jusqu'au chevet du lit.

« Tommy Lee dit que tu es en train de mourir, fit Grace. Il a raconté n'importe quoi ? »

Elinor secoua gravement la tête.

« Je suis en train de mourir, répondit-elle.

— Tu souffres ?

— Oui.

— Est-ce qu'on peut faire quelque chose, Lucille et moi ?

— Non », dit Elinor. Puis, se ravisant : « Si, une chose.

— Quoi ? », demanda Lucille, se tournant brusquement. Elle se sentait impuissante et était soulagée de pouvoir faire *quelque chose* pour Elinor.

Celle-ci parla avec douceur, mais fermeté.

« Dites à Tommy Lee que ce n'est pas de sa faute. »

Grace et Lucille échangèrent un regard.

« C'est ce qu'il croit ? », demanda Grace.

Lorsque Elinor hocha la tête, elle ajouta :

« Elinor, comment tu as pu penser ça ?

— Assure-toi seulement qu'il sache que ce n'est pas de sa faute. »

Lucille s'apprêtait à parler, mais Grace dit précipitamment et d'un ton catégorique :

« On le fera. Ce n'est pas de sa faute, répéta-t-elle comme pour bien mémoriser le message.

— Tu es fatiguée, dit Lucille avec sollicitude. On reviendra demain.

— Non. Faites-moi vos adieux maintenant.

— Laisse-nous revenir te voir ! s'exclama Lucille.

— Ne bougez pas de Gavin Pond, poursuivit Elinor. Ne revenez pas en ville.

— Pourquoi ? fit Grace.

— La digue va céder. Je ne veux pas que vous soyez prises dans l'inondation. »

Lucille lança involontairement un coup d'œil par la fenêtre, vers la paroi d'argile couverte de kudzu au-delà des chênes d'eau.

« Qu'est-ce que tu racontes Elinor, elle ne va pas céder !

— Tu es certaine ? », demanda Grace, ignorant l'exclamation illusoire de Lucille.

Elinor hocha la tête.

« Alors tu ferais mieux de nous laisser t'emmener chez nous, où tu seras à l'abri. Lucille, commence à rassembler les affaires d'Elinor.

— Non, je reste ici.

— Pour te faire emporter par la crue ? », demanda Lucille.

Elinor se contenta de sourire.

« Qu'est-ce que tu fais de Zaddie et Billy ? demanda Grace. Que leur arrivera-t-il si la digue cède ? Tu devrais les laisser te mettre en lieu sûr à la ferme. On a tellement de place !

— Je suis fatiguée, dit Elinor d'une voix faible. Dites-moi au revoir et retournez chez vous. Vous serez en sécurité là-bas. »

Main dans la main, Lucille et Grace se tenaient à côté du lit.

« Je ne peux pas dire au revoir ! s'exclama Lucille. Elinor, s'il te plaît, ne m'oblige pas à te dire au revoir !

— Au revoir, Lucille. Queenie était très fière de toi. Nous sommes tous fiers de toi. »

Lucille détourna le visage et se mit à pleurer doucement.

« Au revoir, Elinor, dit Grace.

— Ouvre ce tiroir. Et sors l'écrin juste là, devant. »

Grace s'exécuta. À l'intérieur se trouvait le collier de perles noires d'Elinor.

« James l'avait offert à Genevieve, poursuivit Elinor. Il te revient de droit.

— Je ne peux pas le prendre.

— Mary-Love a récupéré tous les autres bijoux de Genevieve, et désormais, c'est Miriam qui les possède. Elle n'en donnera aucun, donc prends ce collier, Grace.

— J'attendrai, répondit doucement la jeune femme.

— Tu ne peux pas attendre. À ma mort, je ne laisserai rien derrière. » Elle examina la pièce et sourit.

« Rien du tout. Si tu ne prends pas ce collier maintenant, il sera perdu à jamais. Et je déteste cette idée. »

Grace hocha la tête et mit l'écrin dans son sac à main.

« Tu es la seule Caskey à être encore vivante de l'époque où je suis arrivée à Perdido, poursuivit Elinor. J'ai du mal à croire que tout le monde soit mort.

— Je m'en souviens. Je me rappelle être assise sur tes genoux devant l'église de Madame Driver. Je me rappelle quand tu es venue vivre avec papa et moi.

— Il y a si longtemps de cela. Tu étais une toute petite fille à l'époque… Une petite princesse. »

Elinor eut un rire bas.

« Je t'aimais énormément, Elinor, dit Grace très simplement. Je t'ai toujours aimée. Aujourd'hui encore.

— Je souffre de vous dire adieu, répondit Elinor. Surtout à toi. »

Grace se pencha au-dessus du lit et embrassa rapidement Elinor. Puis elle se redressa, essuya ses yeux et quitta la pièce, suivie par Lucille.

« Adieu… Adieu… », lança faiblement Elinor derrière elles, jusqu'à ce que sa voix se perde sous le battement de la pluie contre les fenêtres de la maison.

Au onzième jour de pluie, le Corps des ingénieurs de l'armée américaine conseilla officiellement à tous les habitants de Perdido d'évacuer la ville. Beaucoup l'avaient déjà fait, et ceux qui s'étaient obstinés à rester, s'en remettant à la digue et à leur bonne étoile, réfléchirent à deux fois à s'attarder dans une ville qui pouvait être submergée d'un instant à l'autre. Les plus téméraires grimpèrent au sommet de la digue et furent surpris par le niveau de la rivière. Le bosquet de chênes au nord de l'embouchure n'était désormais plus qu'un lac noir surmonté de dômes verts monumentaux. L'eau avait inondé la forêt au nord-ouest de Perdido, si bien que toute activité d'abattage était impossible dans un rayon de quinze kilomètres. Au nord-est, le marais où la Blackwater prenait sa source avait depuis longtemps débordé, rendant impraticable la route entre Perdido et Atmore, qui avait dû être fermée. Au sud de la ville, la Perdido avait déjà doublé de largeur ; les buissons et les arbustes qui poussaient sur ses berges étaient totalement immergés, et nombre d'arbres parmi les plus grands avaient été déracinés par la force du courant.

En ville depuis trois jours, la Garde nationale consolidait la digue à l'aide de sacs de sable et frappait aux portes pour s'assurer que les habitants avaient bien conscience du danger. Les commerces du centre-ville étaient fermés, et des camions remplis de marchandises transitaient vers les hauteurs. Miriam – à présent à New York – donna l'ordre de fermer la scierie, aussi la plupart des employés quittèrent-ils la ville. Le bois de charpente et ses produits dérivés entreposés dans les environs furent acheminés à Bay Minette, non par commodité mais parce que la route en direction du sud-ouest semblait être la seule à ne pas risquer d'être inondée. On fit installer une sirène dans la pièce sous l'horloge de l'hôtel de ville, afin d'avertir la population lorsque la digue céderait.

Plus que tout autre chose, la sirène convainquit les derniers sceptiques que Perdido courait véritablement un grave danger. Selon eux, la Garde nationale trouvait toujours un prétexte pour occuper ses hommes ; ils remplissaient des sacs de sable comme ils auraient pu faire n'importe quoi d'autre. Le Corps d'ingénieurs cherchait constamment une excuse pour jouer les gros bras et déclarer telle ou telle construction dangereuse. Le maire saisissait toutes les occasions pour paraître compétent et fiable. On pouvait faire fi des sacs de sable, des avertissements des ingénieurs et des velléités frénétiques du maire, mais cette sirène sous l'horloge, c'était une tout autre histoire. Quand les rivières montèrent à neuf mètres cinquante, tout le monde, ou presque, quitta la ville.

Les patients de l'hôpital de Perdido avaient été transférés à Bay Minette ou à Mobile. L'hôpital se trouvant hors de portée de l'inondation, les hommes de la Garde nationale y installèrent leurs quartiers. Ils étaient certains que la ville avait été entièrement évacuée.

L'eau avait affaibli la structure du pont entre le centre-ville et Baptist Bottom, et au soir du douzième jour de pluie, il s'écroula. Le soubassement du côté de Baptist Bottom céda le premier, aussi le pont s'effondra-t-il avec de terribles grincements et craquements avant de basculer vers le sud, dans le sens du courant. Deux malheureux hommes de la Garde nationale le traversaient à ce moment-là, leur Jeep ayant calé dans une énorme flaque à Baptist Bottom. Ils coururent et sautèrent sur la digue au moment où le pont s'affaissait complètement. L'un d'eux réussit, mais le second glissa dans la boue en atterrissant sur la digue et tomba dans l'eau. L'espace d'un instant, il parvint à se raccrocher à un pilier tordu. Alors qu'il tentait de se hisser hors de portée du courant, ses mains et ses bras furent arrachés. Le bruit que fit le pont en s'écroulant était assourdissant ; la pluie qui s'abattait sans discontinuer du ciel noir était aveuglante. L'homme de la Garde nationale qui était parvenu à se mettre en sécurité sur la digue entendit son ami hurler depuis son frêle perchoir, il crut même le voir se faire entraîner sous l'eau… par deux longs bras dotés à leur extrémité de grosses mains informes.

Le soir du douzième jour de pluie, Billy était assis dans l'obscurité de la véranda. Les moustiquaires étaient voilées par les gouttes. L'eau éclaboussait la rambarde à l'extérieur ; elle tombait en un rideau continu depuis l'avant-toit.

Il était assis dans le noir, car Zaddie et lui n'allumaient plus les lumières la nuit, excepté dans la chambre d'Elinor, et seulement avec les rideaux tirés. Lorsque la Garde nationale était venue trois jours plus tôt, Billy leur avait promis qu'ils partiraient dans l'heure. Zaddie avait fait le tour de la maison, verrouillant les portes, fermant les rideaux, exactement comme s'ils avaient eu l'intention de s'en aller. Elinor refusait de quitter la maison, et Billy et

Zaddie n'avaient aucune intention de l'abandonner.

Pour la première fois, il lui vint à l'esprit que sa loyauté envers elle pourrait bien signifier sa mort à lui, ainsi que celle de Zaddie. Si la digue derrière la maison cédait, ils étaient sûrs d'être emportés. Zaddie et lui mourraient noyés ou écrasés par les décombres.

Il réfléchit un instant à cette possibilité, non par peur, mais pour passer le temps. Curieusement, il n'en voulait pas à Elinor de les obliger à rester ; du moins, il n'avait aucune intention de débattre du sujet avec elle. Même si elle mourait avant que la digue ne cède – même si elle mourait *maintenant*, songea-t-il en regardant derrière son épaule –, Zaddie et lui resteraient probablement pour veiller sur son cadavre jusqu'à ce que la pluie décide de s'arrêter et que le niveau des rivières baisse. Ou jusqu'à ce que l'eau s'engouffre par la digue. Il ne lui paraissait pas convenable de transporter le corps d'Elinor sous la pluie.

Il continuait à se balancer doucement dans la véranda. Malgré l'heure tardive, il ne guettait pas les pas lents et furtifs qui monteraient l'escalier pour rendre visite à Elinor. Frances et Nerita – désormais, il pouvait nommer ces visiteurs nocturnes – n'étaient pas venues depuis qu'Elinor était rentrée avec une blessure par balle à la poitrine. Elles n'étaient pas réapparues depuis que la pluie s'était abattue sur Perdido.

Il se leva et rentra. Il y avait quelque chose d'un peu effrayant à se trouver dans une maison supposée vide, dans une ville évacuée, en sachant que la sirène, si, et quand, elle sonnerait, le ferait pour eux seuls, et qu'ils n'auraient à ce moment-là pas besoin d'être alertés. Billy avait l'impression d'être un cambrioleur entré par effraction dans une demeure silencieuse et sombre. Seule la chambre d'Elinor, éclairée par une lampe à huile de pin – qui restait allumée de nuit comme de jour, au cœur de cette pluie continue et impitoyable –, lui apportait un semblant de réconfort. Or, cette chambre abritait une vieille femme mourante.

Il avait la main sur la poignée de la porte de cette chambre lorsqu'il entendit du bruit à l'autre bout du couloir, un bruit qui n'était ni la pluie ni le grincement d'un meuble, mais aussi furtif que l'avaient été les pas de Frances. Sans hésiter, il ouvrit et pénétra dans l'antichambre. Accoutumé à l'obscurité, la ligne de lumière qui filtrait sous la porte de la chambre l'aveugla. Il attendit un moment que sa vue s'habitue, et entra.

Frêle et pâle, Elinor était étendue au milieu du lit. Elle paraissait venir d'un autre temps avec son visage dénué depuis longtemps de maquillage, ses yeux clos et ses mains posées à plat sur les couvertures lissées. Elle était l'archétype de la femme à l'agonie, telle une gravure ancienne, sentimentale et élégante, l'image même de la façon dont un tel événement devait se dérouler. Zaddie dormait dans un lit d'appoint. Elle remua faiblement lorsqu'il entra. Elle et Billy ne quittaient pas Elinor un instant.

Celle-ci ouvrit lentement les yeux et, le voyant, sourit.

« Comment allez-vous ? demanda-t-il doucement.

— Pauvre Billy, répondit-elle. Tu n'auras plus longtemps à attendre. »

Il haussa les épaules et s'assit au bord du lit. Elinor n'avait pas la force de bouger les mains, mais il remarqua qu'elles tremblaient et les prit dans les siennes.

« Ce soir, poursuivit-elle, Zaddie et toi, vous devez rester avec moi... Tous les deux, toute la nuit, c'est compris ? »

Billy fronça les sourcils, mais ne discuta pas. Puisqu'il avait accepté son refus de voir un médecin ou d'aller à l'hôpital, il n'allait pas chipoter sur un détail comme celui-là.

« Zaddie, réveille-toi », dit Elinor.

Bien que sa voix ne soit pas plus forte qu'un chuchotement, Zaddie se réveilla aussitôt.

« Mademoiselle ?

— Descends préparer à manger pour Billy et toi. Ne t'inquiète pas pour les lumières. Il n'y aura personne dehors cette nuit. Ensuite, tu remonteras avec la nourriture. Vas-y maintenant, et fais vite. »

Zaddie s'exécuta. Lorsqu'elle fut partie, Elinor dit à Billy : « Sors les clés qui se trouvent dans le deuxième tiroir de la commode. Prends celles qui ouvrent l'antichambre et cette chambre. » Puis elle ferma les yeux, comme si l'effort de parler l'avait épuisée.

La porte de l'antichambre n'avait jamais été fermée auparavant, pas plus que celle de cette chambre. Billy ne l'ignorait pas. Il essaya une dizaine de clés avant de trouver les bonnes. Il attendit ensuite que Zaddie revienne. Elle arriva quelques instants plus tard, portant un plateau avec des sandwichs et de la bière. Il lui ouvrit la porte et chuchota : « Je vais chercher mes lunettes. Je reviens tout de suite. »

Il traversa le couloir jusqu'à sa chambre, fouilla le tiroir de sa commode en essayant de réfléchir à ce dont il pourrait avoir besoin d'autre mais sans penser à rien. Il se figea soudain lorsque, derrière la pluie, il entendit deux voix. Elles venaient de l'intérieur de la maison, mais ce n'étaient pas celles d'Elinor ou de Zaddie. C'étaient les voix d'une femme et d'un enfant, et elles venaient de la chambre d'ami.

Glissant ses lunettes dans la poche de sa chemise, Billy marcha sans réfléchir jusqu'à la porte du passage, qu'il entrouvrit légèrement. L'étroit couloir, dépourvu de fenêtres, était plongé dans le noir, mais bientôt il vit le battant à l'autre extrémité s'ouvrir lentement. Là, dans la pâle lueur qui se répandait depuis l'autre pièce, il aperçut une vieille femme, la main sur la poignée. Billy ne la reconnut pas. À ses côtés, il y avait un enfant qu'il ne reconnut pas non plus. Avec un léger sourire, la vieille femme pointa Billy et poussa le petit garçon dans le passage. Les bras tendus devant lui, l'enfant avança vers Billy d'un pas trébuchant entre les étagères remplies de draps et de serviettes.

Ce dernier referma brutalement la porte et se précipita dans le couloir, sans même se retourner. Il courut jusqu'à l'antichambre d'Elinor, dont il claqua la porte. Sortant de sa poche ce qu'il pensait être la bonne clé, il la glissa rapidement dans la serrure. La clé se bloqua. Il essaya la seconde. Celle-là fonctionnait, et avant même qu'il ait pu retirer sa main, la poignée se mit à tourner.

« Allez-vous-en… », murmura-t-il.

Il entra précipitamment dans la chambre d'Elinor et fut une nouvelle fois brièvement surpris par la lumière. Refermant soigneusement derrière lui, il verrouilla la porte.

Elinor ouvrit lentement les yeux et le regarda avec une connivence telle qu'il n'hésita pas à demander :

« Qui était-ce ?

— Mary-Love.

— La mère d'Oscar ? Mais elle est morte avant… »

Il se tut subitement.

« Et le garçon ?

— Il s'appelle John Robert DeBordenave. Il habitait dans la maison derrière celle de James.

— Quand ça ?

— Il y a très longtemps. N'est-ce pas, Zaddie ? sourit Elinor. Tu te souviens de John Robert ? Quand Grace et toi vous étiez petites filles et que Mary-Love a essayé de forcer Grace à jouer avec lui plutôt que toi ?

— John Robert était pas bien dans sa tête », dit Zaddie à Billy, comme si cela expliquait pourquoi Zaddie avait l'âge qu'elle avait alors que John Robert n'avait pas l'air d'avoir plus de dix ans.

« C'est pour ça qu'on doit se barricader ? », demanda Billy.

Elinor ferma les yeux, comme si elle n'avait pas l'intention de gaspiller ses forces pour des questions dont les réponses étaient aussi évidentes.

« Que fait-on maintenant ? demanda-t-il.

— Maintenant… répondit Elinor. Maintenant, on attend. »

Zaddie et Billy restèrent auprès d'Elinor jusque tard dans la nuit. Billy déplaça son siège pour le mettre sous la fenêtre. Assis près de la porte comme il l'avait été, il entendait au loin les incessants grattements dans le couloir. Près de la fenêtre, il n'entendait rien d'autre que la pluie.

À mesure qu'Elinor faiblissait, la pluie semblait tomber plus fort. Alors qu'Elinor Caskey glissait doucement vers sa fin, Billy et Zaddie ne pouvaient rien faire d'autre que de rester assis, silencieux et attentifs. Ils attendaient que la mort vienne, que la pluie cesse, ou que la sirène retentisse à travers le grésillement des gouttes – même si chacun savait que quand le déluge arriverait, il n'y aurait aucun avertissement.

Soudain, il y eut un fracas, et avant que Billy et Zaddie aient eu le temps de comprendre que le bruit était celui de la porte du couloir qu'on venait d'enfoncer, ils virent la poignée de la chambre tourner, d'abord lentement, puis avec frénésie. Finalement, les grattements et les cognements sourds reprirent, beaucoup plus proches, cette fois, juste dans l'antichambre.

Billy et Zaddie échangèrent un regard, puis se tournèrent vers Elinor.

Ses yeux étaient grands ouverts, son visage paisible.

« Donnez-moi vos mains… », murmura-t-elle.

À la gauche d'Elinor se trouvait Zaddie Sapp, et Zaddie prit sa main droite. À la droite d'Elinor se trouvait Billy Bronze, et Billy prit son autre main.

Tous deux se penchèrent pour saisir ses derniers mots. La pluie battait à tout rompre contre les fenêtres. Les coups rageaient en continu contre la porte.

« Adieu, Billy. Tu es devenu mon fils. »

Billy ne dit rien, mais serra plus fort la main inerte d'Elinor.

« Adieu, Zaddie. Nous nous sommes bien entendues, n'est-ce pas ?

— Oui, mam'selle. C'est vrai. »

Le tonnerre grondait à présent, la pluie fouettait les façades. Les chocs contre la porte redoublèrent de fracas. Par-dessus le vacarme, deux cris retentirent : l'un, de frustration, dans l'antichambre, l'autre, au-dessus de Perdido, lorsque la sirène, dans la pièce sous l'horloge de l'hôtel de ville, se déclencha. La digue venait de céder.

La porte de la chambre lâcha d'un coup. Zaddie et Billy eurent à peine le temps d'apercevoir Mary-Love et John Robert, pâles, livides, morts.

Elinor ferma les yeux.

« Adieu… », chuchota-t-elle sans hâte et sans peur, puis elle s'en fut.

La digue céda en deux endroits simultanément. La rive ouest de la Perdido, là où s'était trouvé le pont, avait toujours été la zone la plus vulnérable. Le pont, en se détachant de la berge, avait emporté plusieurs tonnes d'argile avec lui, sans compter le courant qui, en tourbillons patients et tenaces, en avait grignoté bien plus au cours des dernières heures. La digue s'était creusée de brèches de plus en plus profondes, jusqu'à ce qu'enfin, à trois heures trente du matin très précisément, les eaux conjointes de la Perdido et de la Blackwater ne la rompent définitivement. En quelques instants, les magasins du côté est de Palafox Street furent projetés vers le trottoir opposé, où ils s'encastrèrent dans les commerces du côté ouest de la rue. La minute suivante, tout n'était plus qu'un chaos de bouts de bois, de verre brisé et de papier détrempé dérivant sur des eaux noirâtres. Cet amoncellement de débris, anciens gagne-pain des commerçants, se transforma alors en une sorte de bélier qui, lancé de dizaines d'endroits à la fois, dévasta le reste de la ville. L'eau se déversait avec rage, emportant sur son passage poteaux téléphoniques, arbres et maisons. Certaines constructions en bois furent pulvérisées en minuscules copeaux. Des étages furent arrachés, si bien que des pièces entièrement meublées se retrouvèrent bientôt à flotter à la surface de l'impitoyable marée noire, jusqu'à se fracasser contre un arbre ou un bâtiment et devenir elles-mêmes des instruments de destruction.

Dans la partie est de la ville, la digue à l'arrière de la scierie se brisa en deux, à une centaine de mètres de l'endroit où la Blackwater rejoignait l'embouchure. Cette rivière, bien que moins puissante que la Perdido, n'en causa pas moins d'irréparables dégâts.

Les entrepôts, annexes, bureaux, camions et zones de stockage du pétrole furent les premiers à être frappés ; ils furent réduits en miettes ou bien soulevés et emportés jusqu'à Baptist Bottom, où les taudis des malheureux qui y vivaient et tous leurs biens furent ensevelis sous des tonnes d'eau sale et de débris, comme si Dieu avait eu une carte de la ville et que, par pure malveillance, il avait voulu rayer une par une les misérables habitations. Plusieurs cuves de pétrole avaient été fendues en deux, si bien que la surface de l'eau brillait d'un sinistre vernis irisé.

Et, toujours, la pluie tombait en cascade sur ces scènes de désolation.

Postés sur le toit de l'hôpital, les hommes de la Garde nationale scrutaient la ville à l'aide de leurs jumelles. À cause de l'obscurité, ils ne voyaient rien, aussi ne s'étaient-ils rendu compte que la digue avait cédé que grâce au bruit d'explosion qu'avait fait l'eau en s'engouffrant à travers la ville. C'est alors que la sirène avait retenti, mais elle n'eut le temps de hurler que quelques secondes avant que l'électricité ne soit entièrement coupée. Sans autre coup de semonce, l'eau s'attela à rayer Perdido de la surface de la terre.

La digue derrière la propriété des Caskey tint bon, sans que cela ne fasse beaucoup de différence. Avant même que la ville ne soit détruite, l'eau s'était mise à déborder. Les eaux noires coururent parmi le kudzu et recouvrirent la cour de sable d'une nappe de plus en plus haute. Lorsque la digue céda dans le centre-ville, l'eau monta encore plus rapidement. Mais une petite butte solitaire et plusieurs bosquets d'arbres entre la propriété des Caskey et la brèche principale firent obstacle aux débris. Seule l'eau passa par vagues, léchant les fondations de la maison d'Elinor et brisant les fenêtres du rez-de-chaussée et le vitrail du grand salon, pour ensuite se déverser dans les pièces, tourbillonner autour des pieds des meubles et noyer les foyers des cheminées en expulsant des années de cendres et de suie. L'eau s'infiltra par les lattes du parquet, renversa les meubles les plus délicats et projeta les objets contre les murs, balayant les débris de pièce en pièce. Puis elle commença à monter jusqu'à l'étage. Tout cela dans le noir complet, sans autre bruit que le martèlement de la pluie à l'extérieur de la maison.

Mais la pluie diminuait.

À l'étage, Elinor gisait, morte.

Au moment de sa mort, les terrifiantes apparitions au seuil de la chambre – Mary-Love et John Robert – s'étaient simplement volatilisées. Elles n'étaient plus là. La porte enfoncée s'était refermée d'elle-même. Assise au bord du lit, Zaddie tenait encore la main d'Elinor. Billy alla rouvrir. Il examina autour de lui, mais ne vit rien. Il traversa l'antichambre et sortit dans le couloir. Il n'entendit rien hormis des clapotis au rez-de-chaussée. Il se pencha sur la rambarde pour mieux voir. L'eau noire avait recouvert les premières marches. Elle avait presque atteint un mètre et continuait à monter.

Billy retourna dans la chambre d'Elinor et regarda par la fenêtre. Dans la cour, le niveau était monté à plus de deux mètres. Il pouvait voir les flots s'écouler depuis le sommet de la digue.

Il marcha jusqu'au lit et reprit la main d'Elinor.

« Je ne pense pas qu'on pourra s'en sortir, Zaddie », dit-il.

Celle-ci secoua la tête et répondit d'un ton empreint d'une fierté très solennelle : « Mademoiselle Elinor m'a dit il y a longtemps : "Zaddie, cette digue tiendra jusqu'à ce que je meure, après ça, l'eau détruira entièrement la ville..." »

Ils s'assirent et patientèrent. Peu à peu, la pluie cessa. Le silence avait quelque chose de surnaturel, bien plus que le fait d'être assis là à tenir la main d'une morte, bien plus que les bruits des meubles cognant contre les murs et le plafond des pièces sous leurs pieds.

Au bout d'un moment, Zaddie baissa les yeux vers le sol et leva ses pieds pour regarder. La moquette était trempée.

« Ça commence à s'infiltrer », dit-elle simplement.

Billy hocha la tête. Il l'avait déjà remarqué.

Ils continuèrent à attendre avec une infinie patience, sans penser une seule fois à un éventuel sauvetage, ou même à s'enfuir. De temps en temps, Billy se tournait vers la fenêtre pour voir si l'aube approchait, mais le ciel demeurait sombre. Les nuages, quoique encore présents, défilaient à toute vitesse. Il ne pleuvait plus.

Tous deux étaient perdus dans leurs pensées ; les mains d'Elinor se refroidissaient entre les leurs. Puis, l'aube se mit finalement à poindre. Dans la chambre, l'eau était montée à plus de trente centimètres, si bien qu'ils avaient relevé les pieds sur leur chaise. Pareils à de minuscules et curieux animaux, de petits objets venus du couloir flottaient dans la pièce. Après avoir dérivé un instant, ils repartaient en sens inverse. Alors que le soleil se levait, Billy et Zaddie, qui s'étaient assoupis, furent réveillés par des chocs plus forts que les autres.

« Qu'est-ce que c'est ?! », demanda précipitamment Zaddie.

Billy secoua la tête.

« Quelque chose qui heurte le flanc de la maison, c'est tout. J'imagine qu'à peu près tout dans cette ville doit flotter ici et là. Je m'étonne que des poteaux téléphoniques n'aient pas encore brisé nos fenêtres. »

Il y eut encore un cognement, puis deux autres, plus rapides. Insistants.

Billy lâcha doucement la main d'Elinor et la posa sur sa poitrine. Il alla à la fenêtre et regarda dehors, plissant les yeux face à la lumière.

« Qu'est-ce que c'est ? répéta Zaddie.

— Un canot, répondit calmement Billy. Quelqu'un a attaché un canot à notre fenêtre. »

Il se tourna vers Zaddie.

« Viens, Zaddie. Il est temps pour nous de partir.

— On ne peut pas laisser Mademoiselle Elinor.

— Si, on peut. »

Il traversa la chambre, puis l'antichambre, et sortit dans le couloir.

« Frances ! », appela-t-il, d'une voix qui n'était ni timide ni sceptique, mais pleine de la conviction qu'elle était là. Aucune réponse ne se fit entendre, mais il poursuivit : « Frances, Zaddie et moi, on s'en va, maintenant. Tu prendras soin d'Elinor, n'est-ce pas ? »

Sans attendre de réponse, il retourna dans la chambre. Zaddie était penchée au-dessus du lit, sa joue pressée contre celle d'Elinor, froide et inerte.

« Je suis prête, Monsieur Billy », dit-elle.

Il était à la fenêtre ; il tendit le bras, rapprocha le canot et grimpa maladroitement à bord. Puis il saisit le rebord de la fenêtre et tenta de stabiliser l'embarcation pendant que Zaddie y grimpait avec encore plus de difficulté.

Billy défit aussitôt la corde et commença à ramer. Assise à la poupe, Zaddie se tourna pour regarder derrière eux, mais Billy l'arrêta : « Non, ne fais pas ça. »

Néanmoins, son regard à lui ne se détourna pas une seule fois de la fenêtre qu'ils venaient de franchir. Et alors qu'il s'éloignait, ce qu'il vit le fit pleurer.

Traversant l'aube qui se levait sur Perdido dévastée, Billy Bronze et Zaddie Sapp s'en furent lentement rejoindre les hauteurs.

Table

MICHAEL
MCDOWELL [1950-1999] A ÉCRIT LA
SAGA DE LA FAMILLE CASKEY AU PRINTEMPS
ET À L'ÉTÉ 1982, S'ASSEYANT CHAQUE MATIN
À SON BUREAU OÙ IL ASSEMBLAIT DES MILLIERS
DE MOTS. AUTEUR INDUSTRIEUX, DILIGENT
ET MODESTE, IL A INDUBITABLEMENT
LAISSÉ SA MARQUE.

PLUIE EST LE DERNIER VOLUME DE LA SÉRIE BLACKWATER.
IL A ÉTÉ ACHEVÉ D'IMPRIMER LE 29 JUIN 2022
ET PORTE LE NUMÉRO 170834. IL MESURE 108
SUR 165 MILLIMÈTRES ET COMPTE 260 PAGES.
C'EST UN VAISSEAU OÙ COHABITENT
LES VIVANTS ET LES MORTS.

LES COUVERTURES DES SIX
VOLUMES DE L'ÉPIQUE SAGA DE LA FAMILLE
CASKEY ONT ÉTÉ DESSINÉES PAR PEDRO OYARBIDE,
SOUS LA DIRECTION DE MONSIEUR TOUSSAINT
LOUVERTURE, DANS L'IDÉE DE LEUR DONNER
UN ASPECT QUI, TOUT EN S'INSCRIVANT
DANS LE TEMPS, PARVIENDRAIT À LUI ÉCHAPPER.
CHACUNE DE CES COUVERTURES A ÉTÉ PATIEMMENT
MANUFACTURÉE PAR PRINT SYSTEM À BÈGLES, EN GIRONDE,
SOUS L'ÉGIDE DE MÉLANIE FRANCA ET DE
JEAN-PIERRE CHAMPMONT.

CE TRAVAIL COLLECTIF,
ARTISANAL ET UN PEU FANTASMATIQUE
A ÉTÉ EFFECTUÉ SUR UN PAPIER POP'SET
GALET DE 240 G/M^2.

LES COUVERTURES ONT D'ABORD
ÉTÉ PASSÉES SOUS LES ENCRES D'UNE PRESSE OFFSET
AVANT D'ÊTRE DORÉES À CHAUD À DEUX REPRISES
(D'UN COLORIT NOIR PIGMENTÉ SUIVI D'UNE DORURE
CHAMPAGNE), PUIS ENFIN EMBOSSÉES. TOUT CECI POUR
QUE LEURS FORMES ET LEURS OMBRES CAPTENT LA
LUMIÈRE ET MARQUENT LES ESPRITS.

L'IMPRESSION DES BLOCS
INTÉRIEURS ET LA RELIURE ONT ÉTÉ ASSURÉES
PAR L'IMPRIMERIE CPI FIRMIN-DIDOT À MESNIL-
SUR-L'ESTRÉE, DANS L'EURE. LA POLICE UTILISÉE
EST DU SABON CRÉÉE PAR JAN TSCHICHOLD.

CE PROJET ÉDITORIAL A ÉTÉ RÊVÉ
ET RÉALISÉ PAR MONSIEUR TOUSSAINT LOUVERTURE,
ÉPAULÉ DE SON DIFFUSEUR & DISTRIBUTEUR HARMONIA
MUNDI LIVRE, DE NADIA AHMANE, DU BUREAU VIRGINIE
MIGEOTTE ET DE SYLVIE CHABROUX.